MARIA CHAPDELAINE
OU LE PARADIS RETROUVÉ

*de la même auteure*

LA BALLADE DES TENDUS, nouvelles, VLB Éditeur, 1991.

Gabrielle Gourdeau

# Maria Chapdelaine
# ou
# le Paradis retrouvé

Roman

QUINZE, ÉDITEUR
Une division du groupe Ville-Marie Littérature
1000, rue Amherst, bureau 102
Montréal, Qc
H2L 3K5
Tél.: (514) 523-1182
Téléc.: (514) 282-7530

Conception graphique de la couverture: Violette Vaillancourt

Illustration de la couverture:    Annouchka Galouchko, *Portrait d'âme*, acrylique sur toile
                                   et procédés mixtes, 1990.

Photo de l'auteure: Michel Boulianne


DISTRIBUTEURS EXCLUSIFS:

*   Pour le Québec, le Canada et les États-Unis:
    **LES MESSAGERIES ADP\***
    955, rue Amherst, Montréal  H2L 3K4
    Tél.: (514) 523-1182
    Télécopieur: (514) 521-4434
    \* Filiale de Sogides Ltée

*   Pour la Belgique et le Luxembourg:
    **PRESSES DE BELGIQUE S.A.**
    Boulevard de l'Europe 117
    8-1301 Wavre
    Tél.: (10) 41-59-66
         (10) 41-78-50
    Télécopieur: (10) 41-20-24

*   Pour la Suisse:
    **TRANSAT S.A.**
    Route du Grand-Lancy, 2, C.P. 125, 1211 Genève 26
    Tél.: (41-22) 42-77-40
    Télécopieur: (41-22) 43-46-46

*   Pour la France et les autres pays:
    **INTER FORUM**
    13, rue de la Glacière, 75624 Paris Cédex 13
    Tél.: (33.1) 43.37.11.80
    Télécopieur: (33.1) 43.31.88.15
    Télex: 250055 Forum Paris

*À la mémoire de mon père, Bernard Gourdeau,
et à celle de René Lévesque, tous deux de la race
des hommes qui meurent trop jeunes.*

Le prix Robert-Cliche 1992 est le choix exclusif du jury, dont les membres étaient:

Dominique Blondeau, Paul-André Bourque (président du jury), Louise Milot, Lisette Morin et Marie Vallerand.

# CHAPITRE PREMIER

# 1970

— HAP-PÉ BEUR-DÉ TOU IOU!... HAP-PÉ BEUR-DÉ
TOU IOU!... HAP-...

— Hé!hé!hé! wow là les gars! C'est quoi l'idée de me
chanter ça en anglais? On a une version en français c'est pas
pour les chiens, saint-ciboire en or! Je vous aime ben là, mais
on recommence dans la langue de cheu nous, O.K.?

Avachie dans l'énorme chaise berçante jadis bâtie par son
Eutrope de mari, Maria Chapdelaine, devant un gâteau de
luxe coiffé d'énormes copeaux de chocolat pur, entre deux
quintes de toux, engueule joyeusement sa bande d'amis, ceux
qu'elle appelle *les gars*, une brochette mixte d'assistés
sociaux du Quartier latin, tous artistes, tous poètes, tous
géniaux, tous consumés par le feu sacré de la Révolution qui,
en ce dimanche 13 septembre 1970, se veut tout sauf tranquille.

L'octogénaire trône comme un Christ de dernière Cène à
une table rallongée de deux panneaux de contre-plaqué recou-
verte d'un drap d'une blancheur douteuse. Elle s'est entêtée à
recevoir la bande de fêtards dans son deux et demie du 7, rue
Sainte-Famille, à l'occasion de son quatre-vingtième anniversaire, malgré les protestations amicales de ceux qui ne
tenaient pas mordicus à passer dix heures d'affilée dans le
*Garde-robe,* ainsi qu'on surnomme l'exigu logis de la
doyenne du clan. Pour Maria, les déplacements se font de plus

9

en plus ardus, mais la fière Jeannoise préfère de loin allé-
guer sa pantouflarderie, la température ou les escaliers, que
de laisser paraître les effets inexorables de l'âge sur des jambes qui l'ont vaillamment portée pendant plus de trois quarts
de siècle.

Le *Garde-robe*: un vrai deux et demie, dont la «demie»
consiste en un cubicule sans fenêtre où tiennent de peine et de
misère une douche téléphone coincée entre quatre murs de
tôle rouillée, une *bole* de toilette standard, ça il faut bien, et
un minuscule lavabo en porcelaine, grosse dent cariée en son
centre soumise à l'inlassable supplice de la goutte.

La chambre à coucher n'offre guère plus d'espace. De
quoi y entrer un lit double, le vieux coffre d'espérance qui sert
de table de chevet, une commode étroite, une chaise berçante
et l'indispensable stéréo flanqué de deux haut-parleurs capa-
bles de rendre justice à l'acoustique du Colisée de Québec.
Pas de cadres décoratifs, mais une fenêtre livrant le spectacle
touchant de la tortueuse et pittoresque rue Laval, bordée
d'avenantes mansardes retapées. «Pas besoin de posters sur
mes murs avec une vue comme ça», pensait Maria lorsqu'elle
a visité pour la première fois le logement vacant, «pis les soirs
de tempête, ça doit être kekchose de voir r'voler la poudrerie
dans les lampadaires». Une seule ombre au tableau, c'est le
cas de le dire, dans le salon-cuisine-salle-à-manger: la fenêtre
donne sur un mur de brique vue-bloquée-garantie-ou-argent-
remis. «Ça fait rien, en autant que j'en ai une toujours», con-
cède Maria, qui pour rien au monde n'accepterait d'habiter un
logement où nulle ouverture ne lui permît de s'envoler très
haut dans le ciel pour aller retrouver son François Paradis,
histoire de lui administrer un bisou en passant pour lui rappeler qu'elle ne l'oublie pas. Et puis, une fenêtre qui donne sur
une muraille de Chine, ça se bouche, en l'occurrence par le
beau grand drapeau fleurdelysé que Maria vient de s'acheter
pour célébrer son adhésion au Parti québécois. «O.K., monsieur Béliard, va pour le deux et demie. C'est combien déjà?
Cent soixante-quinze par mois? On va dire cent soixante, vu

les toilettes qui arrêtent pas de siler pis le congélateur qui défroste pas tu-seul.»

Pas un pouce carré de la surface murale disponible qui ne soit éclipsé sous les livres, dans la chambre. Sans compter tous les bouquins empilés ici et là dans le *salon*, pièce-orchestre où Maria accomplit la plupart de ses activités diurnes: popoter, manger, regarder des films, recevoir, jaser au téléphone, laver, étendre, éplucher les journaux, lire, lire, lire… Les évasions par la fenêtre mises à part, la passion de Maria se résume aux livres. Elle les convoite, les met en réserve, les collectionne, les adule, les quémande, les choie, les hume, les cajole, les époussette, les pèse, les recouvre de plastique fleuri et les relit deux, trois fois chacun. La nuit, parfois, elle se paie un *trip* de Séraphin Poudrier, profitant des ténèbres complices pour aller caresser son butin livresque. Une fois le loyer et l'épicerie payés, les maigres rentes du Québec et pension de vieillesse s'en vont engraisser les libraires du quartier. Tellement long, quinze ans dans le bois sans avoir pu lire. «Dire que je le savais même pas que j'étais handicapée…», songe Maria, lancée dans un rattrapage intensif dès qu'elle a su décoder le mystérieux langage du papier.

Sur un fond écorchant de Jimmy Hendrix, les fêtards achèvent leur dessert en chantant, par-dessus la guitare électrique, des solos nasillards imitant le célèbre instrument carbonisé en public.

— Haye, Jos Binne, va donc me charcher un gros Mark Ten king size chez Gaboury, chus t'à court de biounes.

— Ah ben tabarnane flambée, Maria, tu trouves pas que tu fumes assez comme ça pour ton âge, toi? Veux-tu te rendre à quatre-vingt-dix ans ou bedon non? Veux-tu te ramasser à 'pital Laval avant la fin de l'année?

— Mind your own business, darling. Je mourrai quand je voudrai. Je vas toute vous enterrer anyway, gang de sacraments. La vie est trop courte pour se refuser les petits plaisirs de la thâb-hâgie, comme y disent, réplique Maria en s'étouffant dans un rire dangereusement affecté par les restes de sa dernière *bioune*.

Jos, surnommé Binne, vient après Maria dans la hiérarchie des âges de la tribu. À trente et un ans, en pleine agonie du duplessisme, sentant venir l'effervescence nationale, il a tout plaqué: l'épouse aigrie, les deux fils assez grands pour se débrouiller tout seuls, le magasin de chaussures qui l'exploitait depuis dix ans, les cendrillons de deux cents livres aux chevilles trop engorgées pour entrer dans l'une des cinquante-deux paires de souliers, je-veux-essayer-on-sait-jamais. Il a remplacé le beurre par la margarine, la grosse Molle par le Bourgogne, les quilles par le yoga; troqué ses Craven A pour des Gitanes sans filtre, Muriel Millard et Aglaé pour du Vigneault-Ferré.

Joseph Maheux de son vrai nom ressemblait à une nouille ayant avalé un pois vert lorsqu'il s'adonnait à la consommation massive de grosses Molles. Maintenant, il n'est plus qu'un grand fouet de six pieds courbé comme un brin d'herbe mouillée. La moitié de son visage disparaît sous un système pileux dont il se passerait volontiers chaque fois qu'il *tombe* dans la jouissive sauce à spaghetti que Maria lui sert tous les vendredis sur des pâtes diverses. Cheveux aux épaules et binocles John Lennon sur le bout du nez, il s'entoure le front du fameux petit carré de coton style cache-nez pour cow-boy devant galoper deux semaines dans la poussière du désert nevadien: rouge à pois blancs du lundi au vendredi, marine à pois blancs les week-ends.

Ce changement de peau s'est accompagné de lectures marxisantes et existentialisantes. Qui n'a pas vu Jos Binne errer dans les rues sombres du Vieux-Québec, serrant amoureusement contre sa poitrine sa *Critique de la raison dialectique*? Ou bien en pleine frénésie de création littéraire sur une table du *Deux guitares*? C'est d'ailleurs dans ce repaire de beatniks intellos que Maria a rencontré Jos Binne un soir de septembre, voilà déjà onze ans. On venait d'annoncer la mort du grand Duplessis à la radio.

Cette nuit-là, véritable bordel au *Nombril vert,* ancien nom du *Deux guitares*. Les habitués s'enivrèrent plus que de coutume. Vers minuit, *jam session* cuillers-verres-assiettes-à-tartes-chaudrons, ponctué de *et-glou-et-glou-et-glou*. On dansa sur les tables, barmen inclus. On fraternisa, on déclama des poèmes nationalisants, on sanglota, on trinqua ferme. Six heures du matin: tout le monde dehors. «On rouvre dans une heure, nous autres les gars, soyez donc smattes un p'tit brin, là…»

Maria n'a jamais su si c'était elle qui avait transporté Jos Binne jusqu'à sa mansarde de Saint-Jean-Baptiste ou vice versa. Il faut dire que malgré son âge, Maria Chapdelaine était encore *plantée* à l'époque. Elle avait conservé la robustesse des années de défrichage: cinq pieds dix, cent soixante-quinze livres, biceps saillants; aujourd'hui, sans ces satanés rhumatismes qui lui nouent genoux et doigts, elle pourrait même encore *accoter* deux ou trois gars saouls dans un bar advenant une quelconque offensive contre elle ou contre l'un de ses tchommes. L'ostéoporose peut aller se rhabiller: avec tout le gros lait ingurgité pendant ses trente premières années, Maria devrait se rendre au centenaire sans perdre un millimètre de sa stature. Avec ça, elle boit sec et fume comme la cheminée de l'Anglo Pulp. Un de ses slogans préférés quand tout va bien: «rien de trop beau», et quand tout va mal: «qu'y aillent toute au yâbe». D'une bonne humeur inaltérable, Maria pourrait remonter le moral à un pavillon entier de tuberculeux en phase terminale avec son rire tonnant, sa *whisky voice*, son langage lardé d'idiomes joualisants, de mots anglais et de sacres bien sentis, et ses bourrades amicales. Lorsqu'elle éclate de rire, on ne sait jamais si elle va y rester tellement son hilarité ressemble à une crise d'asthme en règle. Son visage s'empourpre, et plus elle rit, plus elle s'étouffe. Et l'asphyxie s'aggrave dangereusement lorsqu'une main samaritaine s'avise de lui envoyer une claque dans le dos.

Pour son quatre-vingtième anniversaire, les copains ont fait un gros spécial; économisant sur leurs maigres revenus *béessiens*, ils se sont cotisés pour lui payer un gueuleton composé de délicatesses dénichées chez l'ineffable Bardou: lapin sauté («pour une sautée comme toé, Maria, rien de trop beau», a lancé un des copains en dévoilant la fine viande entourée de petits oignons et autres marinades sophistiquées), saumon fumé *avec ses câpres,* pâté de foie de canard mariné dans la fine Napoléon, truffes de ceci, compote de cela, le tout divinement arrosé de *vrais* vins achetés dans une *vraie* Société des alcools et sélectionnés par le grand connaisseur de la famille, Tit-Bob Hamelin.

Tit-Bob, impressionné par l'érudition de Jos Binne, son copain de beuveries, a décidé un jour d'agglutiner son existence à celle de l'ex-vendeur de chaussures. À cette époque, Binne plongeait son nez dans *L'Invitée* chaque fois qu'il se sentait regardé dans l'un ou l'autre des cafés enfumés du Quartier latin. Une admiration sans bornes pour ledit Binne a incité le jeune ex-étudiant en philo à traîner avec lui, à lire du de Beauvoir-Sartre sans jamais y comprendre un traître mot, à fumer de la Gitane forte et à crachouiller les graines de tabac entre deux lignes mal assimilées du *Kapital.* C'est Jos Binne qui a appris à Tit-Bob comment démêler les cépages, humer un vin, y découvrir des jambes, des pelures d'oignons, comment aspirer les petites gorgées-échantillons, lors du *testing,* sans s'étouffer raide. Les grandes amitiés reposent parfois sur une base toute didactique.

Tit-Bob Hamelin troquerait volontiers sa grand-mère rêche et janséniste — une éternelle scandalisée qui ferme le téléviseur au nez de toute la famille parce que la seule vue d'une bande de *bunnies* levant la patte dans un cancan rose nananne au *Ed Sullivan Show* lui fait craindre les tourments de l'enfer — il échangerait bien son aïeule, Tit-Bob, contre cette confortable Maria qui fume à se roussir l'âme, s'envoie du *dry gin* au gallon, sacre comme un débardeur et passe le plus clair de son temps à militer pour les droits de la femme, pour un nationalisme sans compromis, pour la protection des animaux, qu'elle adore tous, «sans distinction de race, de sexe ou de religion», comme elle se plaît à le claironner à qui veut l'entendre.

Maria Chapdelaine jadis Maria Gagnon puis re-Maria Chapdelaine: une femme émancipée, bien dans sa peau où, du reste, elle ne se trouve guère à l'étroit. Ses cheveux sel plutôt que poivre, encore drus et abondants, coupés à la garçonne, encadrent un visage gras, rougeaud, amène, luisant, étonnamment exempt de rides. Des yeux pétillants de vivacité, un nez fouineur et une bouche encore sensuelle composent une expression faciale corroborant la fameuse devise chapdelainienne: «Y m'auront pas vivante…», à laquelle Maria se plaît souvent à ajouter un: «la gang d'hosties».

La ripaille vient de prendre fin. Les détritus jonchent la table de fortune où s'attardent des cendriers débordant d'ex-Gitanes. Les serviettes de papier gaufré roulées en boule se mêlent aux os de lapin et aux noyaux d'olives. Place aux petits joints bien tassés et aux cafés décapants. Tit-Bob, aussi connu pour son arsenal hallucinogène, extirpe de sa besace de quoi expédier ses tchommes dans les paradis articifiels pendant six mois: champignons, marijuana, capsules de mescaline, petits cubes de hash, quelques pilules de speed et de LSD 25, sans oublier le petit spécial pour Maria: un trois-quatre lignes de pure immaculée conception.

— J'te gage que c'est pour moi c'te belle tite farine-là, han mon Tit-Bob? demande Maria en reluquant avec convoitise.

— On peut rien te cacher, ma douce. Va charcher ton sniffeur pis quain, bonne fête astination!

La jouisseuse Jeannoise s'installe tête la première dans le papier ciré, puis happe de ses puissantes narines la divine *tite farine*. Et de un, et de deux, et de re-un, et de re-deux. «Rien de trop beau pour les octogénaires: quand vous aurez c't'âge-là — ma gang de feluettes, vous vous rendrez jamais là anyway — on vous en fera des tits cadeaux trippants…»

Des vestiges odorants de bouffe raffinée, de fumées diverses, traînent ici et là dans le logement, baignent dans l'atmosphère bleuie par les dix lampions chipés à la basilique avec lesquels Maria éclaire sa demeure: contribution de la divine Providence à son bien-être terrestre immédiat. Les convives, à moitié *stones*, se balancent sur les deux pattes arrière des chaises droites apportées par chacun. Car chez Maria, on ne trouve que des chaises berçantes. Cinq en tout. Lorsque Maria reçoit, les visiteurs ont le choix: ou ils arrivent assez tôt pour accaparer l'une des quatre berceuses vacantes, ou ils fournissent leur chaise droite, ou ils vont en quémander une chez le voisin, quitte à se faire recevoir par le bonhomme Gendron, l'acariâtre des acariâtres, un vieux *straight* haineux dont l'un des rares plaisirs dans la vie consiste à traiter les tchommes de Maria d'«hosties de pouilleux parasites».

Une fois la veillée commencée, gare à ceux qui veulent se déplacer: ils doivent s'aventurer à travers une forêt de pièges à chevilles redoutables et risquent d'arborer d'attrayantes malléoles bleu-mauve-rouge pendant les semaines subséquentes. Ainsi, pendant qu'une amie de Maria verse les allongés en prenant soin de ne pas y tremper les bouts de son châle écru, on entend un *AYOYE DONC câl... de cr... de ta... de saint cib...!* Un téméraire, Gros-Jean, revient de la chambrette où il a changé le disque. Au Pays de Québec, les hommes s'appellent entre eux Tit-quelque-chose ou Gros-quelque-chose. Pas de place pour les Moyen-quelque-chose. À moins de vouloir identifier le sujet avec un peu plus de véhémence. *Un moyen téteux, une moyenne tarte, des moyens épais...*

Gros-Jean, que l'on appelle affectueusement le *bahut* étant donné sa carrure, ses cinq pieds quatre et son goût prononcé pour le décapage de meubles anciens, se couvre été comme hiver d'une *bougrine* à carreaux rouge et noir. Barbu, trapu, poilu, lippu, ventru, Gros-Jean se distingue de la compagnie par une aversion incontournable pour tout changement, tout progrès, toute idée d'avant-garde ou d'émancipation. Gros-Jean, c'est le nostalgique de la bande, un grand amant de la pompe à eau bloquée par le gel, de la charrue à main tour-de-reins-garanti, des mouches noires à dix mille au pied cube, bref du *terrouârd*. Il vendrait père et mère pour retourner à l'époque de la grosse misère campagnarde, des vingt-deux enfants à table et des Noëls en traîneau. Installé sur une ferme de Saint-Pamphile, il baratte lui-même son beurre, *trait* ses érables, brasse son yaourt, fait pousser tous ses végétaux sans exception dans du fumier à cent pour cent naturel, fabrique ses hardes, s'occupe des conserves à l'automne, cuit son pain, coud ses mocassins à la main et tricote ses chaussettes d'hiver. Sans compter la maison ancestrale, bien sûr, qu'il a retapée lui-même avec un rien de vieilles planches chapardées et quelques bardeaux décloutés. À vingt-huit ans, il cherche encore une femme vierge et bien baraquée pour fonder sa famille. «Bonne chance, mon Tit-Gros-Jean», raille souvent Maria. Il fréquente assidûment l'église, regrette l'époque disciplinée de Duplessis, et la popularité grandissante du PQ lui fait une peur bleu royal. Les rares fois où il s'aventure en ville, antre de perdition, c'est pour voir Maria, son idéal de femme, qu'il épouserait illico sans le demi-siècle qui sépare leurs destinées.

C'est à Saint-Malachi, dans une vente de vieux meubles, qu'ils ont fait connaissance. En voyant Maria, Gros-Jean a eu le béguin instantané pour son gabarit de paysanne à toute épreuve, encore notable malgré les soixante-dix-huit ans de la barguineuse: le néo-colon, conquis sur-le-champ par le physique bête-de-somme-bonne-à-marier de Maria Chapdelaine, se mit à rêver ce jour-là, au beau milieu des meubles badigeonnés de sang de bœuf par le crosseur du village: «Ça, ça devait fonctionner sur une ferme quand c'était jeune... ça, ça a dû en mettre des enfants au monde... quand j'pense à nos femmelettes... c'est quoi l'idée de s'arrêter après un ou deux bebés, pis de changer de pére à tous les deux mois: émancipation mon darriére, oui.»

Dans la bande à Maria, on oublie volontiers le conservatisme outrancier de Gros-Jean lorsqu'il se met à raconter ses histoires de défricheur acharné. Car il n'a pas son pareil pour narrer les détails de sa grosse misère surfaite, de ses grosses *pepeines* auto-infligées. Maria s'étouffe de rire, immanquablement, lorsque Gros-Jean s'embarque dans l'un de ses récits de pionnier-bidon. Elle éprouve une sympathie mêlée d'irritation pour cette génération retour-aux-sources qui possède

17

tous les moyens de vivre dans un confort relatif et qui cherche désespérément à se compliquer l'existence en jouant au terroir-début-de-siècle. Quand Gros-Jean a le malheur de se plaindre de son insoutenable condition, Maria le rabroue, misérieuse, mi-blagueuse. C'est qu'elle y a goûté, elle, au terroir. Et pas pour faire genre. Cependant, elle l'aime bien, son pelleteux de fumier. Il a bon cœur et, d'une certaine manière, il lui rappelle les siens, maintenant tous enfouis dans cette terre dont ils ont tant fouillé le ventre.

— C'est ça, Gros-Jean, enfarge-toé dans mes berceaux de chaises... Ça t'apprendra à jouer au préposé à la musique tous les quarts d'heure, monsieur Louis Hébert. Coudon toi, Jos Binne, y vas-tu charcher mes cigarettes... ça fait cinq minutes que j'en ai pas fumé une: ME MEURS... Chus toujours ben pas pour envoyer Bovary: la dernière fois que je l'ai laissé sortir tout seul pour pisser, je l'ai retrouvé à la S.P.A. de Lévis, astination de moutarde forte.

Dans son deux et demie, Maria Chapdelaine a obtenu la permission, à force de promesses et de minauderies au proprio, de garder son Bovary (Charles de son prénom), un basset poussif encore bébé dont Maria a hérité après la disparition du couple qui lui en avait confié la garde pendant une «petite semaine». S'étant enhardie après une première autorisation de garder Bovary, elle accueillit clandestinement, pendant ses années de baccalauréat, maints autres pensionnaires abandonnés par des maîtres irresponsables. Amourachée de ses héros littéraires, elle emprunta leurs noms pour désigner ceux qu'elle affectionnait. Tous les favoris y passèrent. Ainsi, la famille s'enrichit de deux perruches, Gogo et Didi, de trois tortues, Cosette, Marius et Gavroche, ainsi que d'une dizaine de poissons rouges archi-insignifiants, tous appelés Bobby Watson. Des émanations de *pet shop* mal tenu pincent de temps à autre le nerf olfactif des visiteurs occasionnels. Mais pas ce soir. Maria a frotté son réduit au Spic'n Span, et la faune animale a dûment été sommée de se tenir coite pendant la fête à *maîtresse*.

— O.K., O.K… j'vas y aller charcher tes maudits clous de cercueil. C'est ben parce que c'est ta fête, va. Attendez-moi pour le cadeau, là, ma gang de pas bons. Je veux y voir la bette quand à va l'ouvrir. Me sus cassé pour deux mois à venir, c'est ben du moins que je soye là quand c'est que la Maria va faire sa syncope.

Deux jeunes femmes dans la vingtaine avancée, rencontrées au tout début de la bienheureuse époque grano-écolo-coop, s'affairent à débarrasser les derniers vestiges de la bombance. Les deux anciennes ménagères — Mariette, devenue artiste-peintre et Hélène, engagée dans la voie de la poterie domestique — vivent aussi des *bontés* du gouvernement en attendant de faire carrière après un mariage raté et deux ou trois conceptions réussies.

L'ex-tchomme de Mariette, un businessman drabe foncé et *cheap* pas ordinaire, est retourné dans sa famille embourgeoisée d'Outremont pour épouser une pimbêche de la haute, une greluche coûteuse *digne de son rang*. Depuis sa séparation, Mariette, belle brune de vingt-huit ans pleine de ressources, ne cesse de fredonner la toune de Jean-Pierre Ferland: «Depuis que tu es parti je vis je revis je respire à pleine bouche… depuis que tu es sorti de ma vie j'ai repris la poésie à sa source… s'il fallait que tu reviennes… ô s'il fallait que tu reviennes… je t'implorerais Jean-Clau-de, de repartir! MER…CI!» En six ans de béatitude épanouissante, Mariette a fait du chemin: cégep puis baccalauréat en arts plastiques, installation de son propre atelier dans son grand cinq et demie pas cher qu'elle partage avec sa fille Zazie. À l'été, elle renfloue ses coffres en vendant ses peintures sur la rue du Trésor et, quand la bise revient, elle s'emploie à remplacer les pièces vendues pour l'année d'après. Le B.S. intermittent l'aide à traverser la saison hivernale, tout le monde est content, et de temps à autre un tit tchomme occasionnel vient prendre soin de sa libido. Surtout pas de *steady*, non merci on a déjà donné.

Hélène, la douce, la plus douce Hélène du monde, vient de prendre son courage à deux mains pour plaquer le musicien

raté qui lui a fait deux enfants adorables, soit, mais qui lui faisait subir le poids de son mal-être depuis cinq ans. L'échec
personnel rendait Monsieur violent. Il était grand temps
qu'Hélène parte avec son Sébastien et sa Sophie avant de prendre quelque coup irréparable sur la tronche. C'est Maria qui lui
a poussé dans le dos pendant une demi-année. «Sacre-moi ça
là c'te maudit macho-là avant qu'y te défigure, ma Hélène...
t'es fine, t'es belle, t'as du talent à revendre... c'est pas deux
enfants que t'as, c'est trois, avec c't'hostifie de raté de Robert
là qui te suce ta jeunesse pis qui est pas encore sorti de la
matrice de sa mouman... tu mérites pas ça prends-toi en main
tu vaux dix Robert à toi toute seule pis je vas t'aider si c'est ça
qui t'arrête j'ai kek p'tites économies à Caisse Pop...»

Ce soir, c'est la fille de Mariette, la quasi-adolescente
Zazie, qui garde la progéniture des copains venus fêter Maria.
Zazie, c'est un poème sur deux pattes, une mini *flower child*
accomplie, une pure et dure, une Walkyrie en devenir avec ses
cinq pieds deux à douze ans. C'est aussi la meilleure amie de
Maria. «Question de longueur d'ondes», répond Maria à ceux
qui remettent en question leur grande différence d'âge. Le vrai
nom de Zazie, c'est Marie-Soleil. À sept ans, lorsque la fillette
prit contact avec la réalité du miroir, elle constata que ses cheveux noir poêle et son teint sombre ne *fittaient* pas avec le joli
prénom choisi par maman *peace and love*. Elle lança à son
image un «Marie-Soleil mon cul» dont les deux derniers termes
devaient s'installer en permanence dans son idiolecte, malgré
tous les «honn... c'pas beau ça» martelés à ses tympans des
années durant. Après trois ans d'incorrigibles «mon cul»,
Maria, fidèle à son penchant pour la nomenclature littéraire,
sobriqueta la fillette Zazie, se doutant bien, cependant, que la
frondeuse gamine n'avait pas pu dénicher le disgracieux syn-
tagme dans son roman queneaudien favori. Mariette se fit une
raison. «Fais-toé-z-en pas Mariette, ç'aurait pu être pire, elle
aurait pu venir au monde avec une tite main accrochée à
l'épaule ou bedon sourde-muette-aveugle», consolait Maria, les
grands soirs de remise en question monoparentale.

Zazie habite rue Ferland, à deux pas de chez Maria. Elle s'étire tout en longueur, noueuse, les genoux à peine débarrassés des gales enfantines. Sa coupe de cheveux punk dix ans avant son temps, son air d'envoyer le monde entier se faire cuire un œuf ont fait d'elle la terreur du quartier. On *n'écœure* pas impunément la Zazie. À moins de vouloir se faire envoyer des pizzas *all-dressed extra-large* à cœur de soirée sans en avoir commandé la moindre pointe; à moins d'aimer recevoir douze appels téléphoniques par jour pour se faire demander «oui c'est au sujet du téléviseur couleur que vous annoncez dans *Le Soleil* à combien vous le faites?»; à moins, vraiment, d'accuser un sordide penchant pour les COM-PLI-CA-TIONS.

Zazie qui n'a pas revu son businessman de père depuis son quatrième anniversaire de naissance, Zazie qui a encore moins connu ses grands-mères voue un amour sans compromis à celle qui, à ses yeux, vaut bien *tout un paquet de grands-mères too much.* C'est Zazie qui traîne les poches de lavage de Maria jusqu'au lavoir, qui descend les vidanges, qui vient nourrir la ménagerie et arroser les plantes quand Maria s'en va faire des virées à Montréal, qui court les gros Mark Ten *king size* et les Pepsi Jumbo lorsque les réserves sont épuisées, qui désennuie Maria avec ses histoires à coucher dehors les dimanches après-midi, qui expédie les *peddlers* et les témoins de Jéhovah, qui vient mettre les bigoudis à Maria le vendredi soir, qui croule de rire devant les idioties proférées par les champions de la bêtise télévisée, qui écoute des heures durant les histoires de jeunesse de Maria. Zazie est une fillette-adolescente-femme délurée. Son vœu le plus cher: ressembler à sa mère-grand adoptive lorsqu'elle aura quatre-vingts ans. «Parle-moi donc de ton beau François Paradis», implore Zazie de ses grands yeux d'ambre chaque fois qu'elle surprend Maria dans de rares moments de mélancolie. C'est qu'elle sait bien, la petite vlimeuse, que ça ne rate jamais: la Maria, en discourant sur son sujet préféré entre tous, retrouve ses ailes. Une des grandes qualités *zaziennes*: elle est discrète comme un espion de la Deuxième Guerre mondiale. À elle seule, elle en sait plus long que tous les amis réunis sur le passé de Maria Chapdelaine. Il n'y a que Maria et Zazie à connaître le fin fond du mystère François Paradis. Les autres, bien sûr, sont au courant de l'existence du fameux coureur de bois, des petits cahiers noirs, mais Maria a fait de son ado préférée la seule légataire de son journal sacré, unique bien terrestre auquel elle tienne. Un soir, l'aïeule a révélé à Zazie la cachette où elle empilait depuis soixante ans ses carnets à François Paradis. Dans son vieux coffre d'espérance, au fond, repose un de ces grands cartons à habits, bourré de petits cahiers noirs lignés et parfumés, attaché par un large ruban couleur rose fané. Pas des milliers de carnets, tout de même, on n'a pas écrit tous les jours... il y a même eu de grandes périodes de silence. «Écoute, fille, si jamais y m'arrive de quoi, c'est à toi que je veux laisser ces carnets-là, à toi pis à personne d'autre... tu en feras ce que tu voudras; parce que moi, quand je serai pus icitte, j'aurai pus besoin d'y écrire, je l'aurai rejoint mon beau François, comprends-tu, ma Zazie?...»

La sonnette retentit. Jos Binne revient avec deux gros Mark Ten *king size* qu'il lance sur le giron d'une Maria verdie par le manque de nicotine.

— Enffffin! On va pouvoir respirer... Un peu plusse pis je me mettais à fumer mes feuilles de thé. Qui c'est qui a du feu? Enwouèyez ça presse.

— Mouâ, à ta place, Maria, j'irais mollo sus le tabac.

— Pis mouâ, à ta place, ma grande, je me mêlerais de mes jolis poumons roses.

La *grande* en question, c'est Pierre-Luc Ginchereau, du couple Pierre-Luc — Louis-Paul, que Maria a rencontré deux ans plus tôt dans un bar «très très gai», un soir torride de juillet, alors que la quasi-octogénaire, givrée comme une vitre de Nelligan, était sur le point de dégringoler en bas de la table branlante sur laquelle elle exécutait depuis un bon quart d'heure une gigue endiablée. Pierre-Luc, amateur de photographie, gagne lui aussi honnêtement sa vie sur le B.S. entre deux contrats de développement payés sous la table. Pierre-Luc, c'est le modérateur du groupe, le tempérant, le raisonnable, celui qui sème les *vas-y mollo* à tout vent dans les manifestations sociales. De ce fait, Maria l'a affectueusement surnommé sa *pédale douce*. Grand, délicat, hyper-loquace et d'une beauté satanique, il vit depuis cinq ans avec Louis-Paul, étudiant-danseur aux Grands Ballets, un type au visage angélique, un adonis callipyge, réservé, aimable, raffiné comme peu d'hétéros peuvent se vanter de l'être. Comme ils l'aiment cette bonne Maria dont ils se sentent acceptés inconditionnellement dans une société émancipée trop vite, et qui semble avoir encore beaucoup de bibittes à régler avec ses minorités invisibles. Le lendemain de l'inoubliable gigue, au matin, les deux amants s'étaient réveillés dans les bras de Maria, se partageant comme traversin les inestimables coussins naturels d'une hôtesse qu'ils avaient sauvée de justesse d'une dégringolade fatale.

— PIS? envoie tout à coup Maria.

— Pis QUOI?…

— Ben faites pas les niaiseux… C'EST QUOI MON CADEAU?…

— Un CADEAU?… On a-tu dit qu'y avait un cadeau?

— Ben quain… «on n'a pas tous les jours quatre fois vingt ans…», s'égosille Maria en tâchant d'imiter Tino Rossi et en achevant sa toune sur une toux foudroyante…

— Tu ferais mieux de chanter du Joplin avec c'te voix-là, toi Maria…

— CHANGEZ PAS DE SUJET! Skilé mon quédeau?… (rires jopliniens).

— TADAM!

Apparaît sur la table devant l'octogénaire un paquet cuboïde passablement lourd, si l'on en croit l'essoufflement de la douce Hélène, préposée à la remise du *quédeau*.

— Ah ben! par exemple, mes snoreaux… pouvez-vous ben me dire kossek qui a là-dedans…

— Y' a rien comme l'ouvrir pour le savoir, ma Maria…

— Attendez! Laissez-moi prendre une photo avant! Enwouèyez! Tout le monde se serre autour de Maria, là, ordonne Pierre-Luc, Nikon super-lentillée en main. *Cheese!*

— Tu fais simple, avec ton *cheese,* ma grande, tousse Maria, on dit *sexxxxxe* de ce temps-citte mon grand noir… arrive en ville!

Le groupe entoure Maria, les sourires se figent, le temps du *clic!* de Pierre-Luc. Puis, silence religieux. Gros-Jean se dandine d'excitation, Hélène a les yeux dans l'eau, Mariette se mord le poing gauche, Pierre-Luc et Louis-Paul caressent nerveusement leurs moustaches respectives, Tit-Bob Hamelin siphonne un joint à s'en rendre malade, Jos Binne s'éclaircit la voix en paternel s'apprêtant à faire un discours. Une émotion indicible serre la gorge des fêtards momentanément dégrisés, dé-stonés.

Quant à l'octogénaire, plus question de s'esclaffer. La cigarette confiée au cendrier se fume toute seule comme une grande *king size.* Les animaux se sont assagis: Bovary, menton appuyé sur la cuisse de sa maîtresse, la fixe de ses grands yeux langoureux, l'air de dire «on t'aime ben gros t'sais». Les tortues arrêtent de gratter le plat de plastique transparent: leur sempiternelle et désespérée tentative de fuite reste en suspens. Les Bobby Watson, spectateurs postés près des parois de l'aquarium, envoient des bisous muets MOUIK MOUIK de bon anniversaire . Didi et Gogo interrompent leur jacassement éperdu, marmonnant dans leurs plumes «bonne-fête-Maria!… skilé-Godot-skilé-Godot!… bonne-fête-Maria!…»

Les doigts boudinés, douloureux, maladroits et tremblotants de Maria arrivent tranquillement à déshabiller une superbe Smith Corona électrique portative. Les clés brillent, les lettres scintillent, les mots d'amour lui sautent aux yeux. Maria, interloquée, déglutit avec peine. La cigarette, nécrosée aux trois quarts, s'obstine à fumer en égocentrique. Les gars ne savent plus quoi penser. Jos Binne risque un timide «l'aimes-tu, Maria?…» Lui, doyen intérimaire en l'absence de Maria, se doit de meubler le silence de plomb abattu sur les têtes courbées… «Est belle, han?… entéka c'est mieux que ta vieille plume qui te fait mal aux doigts, han Maria?… pis c'est pour continuer d'écrire tes carnets à ton beau François Paradis… tu disais que t'étais quasiment pus capab' d'écrire depuis un bout de temps…»

Deux grosses larmes roulent paisiblement sur les joues enfantines de Maria. Jos Binne lui caresse doucement la nuque. Tour de table en *slow motion*: une gratitude infinie anime les beaux yeux obscurs de la Jeannoise, touchée jusqu'au plus profond de son être par le geste de ses amis. «Jamais, jamais j'ai reçu un si beau cadeau en quatre-vingts ans. Sasse-peut-tu, les gars… une machine à écrire… me semble que j'aurais pu y penser moi-même, moi pis mes économies qui dorment à Caisse Pop… tellement pas habituée à acheter des gros morceaux… ç'a pas de bon sens ça coûte cher sans bon sens, c'est trop beau pour moé ça… pour ménager mes pauvres doigts… pour mes cahiers d'amour… à mon beau François Paradis… mon François…»

## Journal à François Paradis

*17 septembre 1910*

Mon cher Fransoi,

Je sui toutte fier de t'écrir ma promiaire paje de journal. Anfin. Sa fai sisse mois que je pratic mon fransai écri avec madmoisele Lavoie qui vien une foi par semène au village pour anségné à des jans come moi.

Madmoisele Lavoie dit que je fai encor boucou d'erreur mais que sa ne fai rien. Un jour, je seré capabe d'écrir. Elle a di que j'apprens vite. Elle a di: «vou avé encor boucou de prune à mangé». Entéka.

Pour ma faîte j'ai demandé un dictionair à Eutrope et il me la donné même si il di que c'est une dépanse inutil. Madmoisele Lavoie di que le dictionair c'est le plu bo livre du monde parskil contien touts les mots possibe. Moi les mots j'aime sa. Plu je conais des mots on dirais, plu je peu dir des afaires. Aujourdui j'ai apri les mots «abdicataire» et «abscons». Un abdicataire c'est quelkun qui a abdiqué et pui abdiquer c'est renoncer, abandonner. Et abscons sa veu dir dificile à comprendre. Chaque jours je veu aprendre un ou deu nouvau mot dans le dictionair. La je sui au débu de la letre A car je vien jusse davoir mon cado. (Savai-tu, toi, mon bo Fransoi, que ma faîte c'étai au moi de sektamb?

26

On na même pas u le tan de se dire nos faîtes avan que tu disparèsse…) Come c'est bo les mots.

Ici, les gen penses que je sui timide ou peu tètre un peu niainzeuze parske je di jamai rien. Moi, je di jamai rien parske je conais pas de mots. On peu rien dir quan on na pas de mot. Quan y mon annoncé que tu tétais écarté je voulè crié telleman for… Le cri est resté dans ma gorje parske j'avais pas de mot pour le fair sortir. Mais je sui pas si timide que sa dan le fon.

Madmoisele Lavoie di que savouar lir et écrir c'est la liberté et le bonneur. Elle di que si je rest ilétré je niré nul parre dan la vie. Moi, je sui nul parre depui toujour. Mon pére, il san allai toujour nul parre aussito qu'il étai quelke parre, aussito que la tère étai vivabe. C'est une sorte d'abdicataire, mon pére. La, je sui quelke parre avec Eutrope, mais j'ai l'inpression quan même d'ètre nul parre. Pi Eutrope lui il veu allé nul parre aprè que la tère sera fini. Il veu rester nul parre pi y veu allé nul parre parski veu pas aprende à lir ou à écrir. Sasse-peu-tu… Il est abscons, Eutrope.

Je veu savoir écrir pour t'écrir toutte ma vie. Pour moi, tu nais pas mort. Et si je t'écri y me sembe que je seré plu proche de toi. Y zon di que les sauvage avai vu tes pists allé ver le nord dan le boi. Mai y zon jamai trouvé ton cor. Sa veu dir que peu tètre ton cor es encore en vie. Mais moi je panse que non parske tu serait venu me voir toutte suite pour empaiché mon mariage avec Eutrope au moin. As-tu u peur des homes ici? du curé? de Eutrope? de mon père? C'est pas ton genre, toi, d'avoir peur.

Même si ton cor est mort vraiman dan la neige come y zon di, tu est encor vivan dan moi, et moi, je veu allé avec toi dan le quelke parre ou tu es. C'est pour sa que je t'écri. Un jour mon journal te trouvera, Fransoi.

C'est pas fini, notre histoire. Je pouré peu tètre un jour caressé tes bos cheveus doré come le blé ou ta po tané come du cuir fin ou t'enbrasser come j'aurai du fair quan on ramassai des beluais. Alor je vas t'écrir au moin. Come sa, tu sera peu tètre moin seul la-ba dan ton quelke parre. Come je t'aime, mon bo Fransoi. On se quitera jamai toi et moi grace à mes petit cahié noirs.

Eutrope lui y m'enbrasse pi y di qui m'aime, pi on fai notte devouar preske touts les soir, mai c'est pas pareil. J'aime pas sa fair mon devouar avec lui. T'aurais don du pas taventuré dan le boi en plaine tampète. T'aurè don du revenir. C'est toi que j'aurait marié. J'aurait aimé sa fair mon devouar avec toi. Je t'aime Fransoi, come c'est pas permi d'aimé quelkun quan on n'es marié à un autre home. J'aime le bon Dieu et la sainte Vierge quan même mais j'y peu rien: je t'aime tellemen Fransoi que sa fais mal des fois. C'est toi mon vrai mari. Je peu pas croire que tu as laissé la neige te volé come sa à moi san rien dire. Come j'aimerait être ta feme, Fransoi Paradi. M'sembe que sa aurais été pas mal diféran, aussi, la journé de mon mariage.

C'est même pas vra que c'étai le plu bo jour de ma vie.

*6 mai 1910*

— *Pauvre vieux… on dirait qu'y dort…*

— *Ils l'ont ben arrangé, han?*

— *C'est Télesphore qui l'a brossé.*

— *Entéka chus content que le bon Dieu soye venu le char-cher… y souffrait tellement en dernier…*

— *Ouain… y va me manquer en titi… des amis de même, t'en as pas des barges dans une vie…*

— *Toujours les plus fins qui partent en premier… pas de saint danger que le gros bâtard à Laliberté crèverait, lui…*

— *Oussek qu'on va l'enterrer, son pére?*

— *Bof… à lisière du bois, à côté de Charles-Eugène…*

*Allongé sur la table de la salle commune, le corps flasque et soyeux de la bête tant aimée repose sur son flanc. Chien, délivré des affres du froid, de ses affligeants rhumatismes, des longs jours sans viande, mais aussi privé à jamais des odeurs ensorcelantes du pré, des douces caresses de Maria, des eaux délectables de la rivière et de trépidantes chasses au rat des champs, présente un visage qui semble hésiter entre le sourire de délivrance et la grimace de l'enfant au bord des larmes. À ceux qui l'entourent dans un dernier témoignage d'affection, il tend un museau sec d'où ne s'échappe plus la moindre fumerolle de vie. Ultime bisou.*

— *Entéka y' est ben là où il est… Pis Maria qui se marie demain… c'est pas pour y remettre le cœur sus le sens, elle qui l'a déjà gros. Elle l'aimait tellement, son Chien…*

— *Coudon, à se marie-tu obligée, elle? Une vraie face de mi-carême la veille de ses noces, c'est pas normal ça?…*

— M'est d'avis qu'elle l'a pas encore oublié, son trappeur de Mistassini.

— Bof, à va toute oublier le jour de ses noces comme on dit... Va ben falloir qu'à s'y faise, on peut pas aller contre la volonté du bon Dieu... Paradis, y est mort et enterré, pis son mari à Maria, ça va être Eutrope Gagnon... Ben coudon, un bon gars quand même, pis avec une belle dot; sa terre s'en vient ben. À sera pas tout' nue not' Maria... Elle aurait pu frapper pire... Eutrope lui au moins y boit pas pis y sacre pas... Paradis, lui, c'était une autre paire de manches... Dieu sait quelle sorte de vie elle aurait eue avec un gars qui avait la bougeotte comme lui...

*7 mai 1910, minuit*

*Recroquevillée entre le mur de pin rugueux et son nouvel époux qui ronfle bruyamment, son large dos bombé contre le sien, Maria, insomniaque, grelottante, frictionne en pleurant doucement son bas-ventre douloureux, une guenille coincée entre ses cuisses. Le sang fuit abondamment, preuve de la virginité qu'elle vient de perdre dans les bras rudes et gauches d'Eutrope Gagnon.*

*Entre les doigts de sa main libre, elle égrène son chapelet: «Je-vous-salue-Marie… (personne, personne m'avait dit que ça ferait mal comme ça… avec tout le respect que je vous dois, bonne Sainte Vierge, vous pouvez ben avoir enfanté dans l'Immaculée Conception… non seulement j'ai pas aimé ça parce que Eutrope avait une haleine de boisson, mais en plus il a fallu qu'il m'arrache le dedans du corps avec son instrument de péché… faut dire que lui aussi, il avait l'air de souffrir par exemple… à un moment donné, il a crié pas ordinaire comme quand Tit-Zèbe est venu lui ramancher son épaule déboîtée… ça doit être pour ça qu'ils appellent ça «faire son devoir»… j'espère en tous les cas, bonne Sainte Vierge, que je vais bientôt porter un fruit dans mes entrailles comme vous, après tous ces efforts-là… mais si je continue à perdre du sang comme ça par exemple, ma famille va disparaître dans ma guenille… aidez-moi bonne Sainte Vierge je vous en supplie) pleine-de-grâce-le-Seigneur-est-avec-vous, vous êtes bénie entre toutes les femmes…»*

*Puis, elle délaisse le chapelet, lassée par les paroles incantatoires qui, étrangement, se mettent à sonner creux.*

*Comme aux petites vues, les images de la journée tournent à une vitesse folle dans sa tête. Samuel Chapdelaine encore en bretelles, fier comme un paon, sortant son vieux tuyau de castor de la boîte poussiéreuse... Esdras dans son vieux costume étriqué, se plaignant de son pantalon trop court... Da'Bé, que Télesphore surprend en train de fureter dans le grenier pour y dénicher un petit boire lénifiant camouflé dans le foin pour les «grandes occasions énervantes»... Tit-Bé, échalas poussé tout d'un coup, décharné, enorgueilli par son duvet facial, se rasant ostensiblement sur la table de la grande pièce devant un bout de miroir fêlé... Alma-Rose quêtant d'un grand frère à l'autre des compliments sur la nouvelle petite robe lilas cousue par Maria...*

*Et puis Eutrope... Eutrope le futur... Eutrope les cheveux plaqués sur le crâne, bègue, offrant timidement son bras, Eutrope dont les épaisses mains la terrorisent, Eutrope au faciès avenant, Eutrope bon comme la vie, Eutrope qui ne ferait pas de mal à une mouche, Eutrope si gentil, si patient, si serviable, si dépareillé, qui cache dans les plis du pantalon rayé commandé exprès pour la noce un glaive odieux légué par une divinité mâle à l'homme-animal pour transpercer le corps des femmes, son corps à elle dans quelques heures.*

*Dans sa chambrette glaciale, les yeux rougis d'avoir pleuré sur le cadavre de Chien à l'orée du bois, toute une journée durant, sous les pluies belliqueuses d'un mai venu à contrecœur, Maria se glisse grelottante et terrorisée dans la robe blanche parée de mille dentelles que ses doigts chafouins ont manigancée en l'absence du cœur à l'ouvrage. Le miroir ancestral, usé par un demi-siècle de regards chapdelainiens, lui renvoie une image brumeuse, dépolie, d'outre-tombe. La robe en ressort gris sale, comme sur une photo antique palpée par six générations de nostalgiques. Puis, lointaine, la voix paternelle, égayée par un petit vin d'honneur avant la cérémonie:*

*— Arrives-tu, Maria? Le cortège est paré! Viens-t'en, ma fille! Lâche ton miroir, t'es assez belle de même!*

«*T'es assez belle, Maria*», *ricane une voix intérieure, une voix que la Jeannoise n'avait encore jamais entendue, «assez décorée, assez fardée, assez enrubannée pour l'autel du sacrifice... tu feras pas honte à tes bourreaux, Maria, avance dans leurs bras sanguinaires, sois belle et surtout tais-toi ma jolie...» (Je dois être en train de devenir folle, qu'est-ce que c'est cette voix-là qui rit de moi?)*

*Dans les chemins boueux menant au village, le cortège progresse solennellement sous un ciel de béton. On se tait. Maria, dans la voiture paternelle, jette un regard endeuillé sur des lambeaux de neige, épaves accrochées à des roches sombres en attendant les chaleurs définitives de juin.*

— *Ben voyons, ma Maria, on dirait que tu t'en vas à l'abattoir... Pense un p'tit brin à ton futur, qui aimerait peut-être ben ça marier autre chose qu'une morte en vacances, risque Samuel Chapdelaine en serrant discrètement le coude de sa fille.*

— *Faites-vous-en pas, son pére, je vas faire mon devoir comme j'ai promis.*

*Le curé Tremblay, visage incarnat enflé par une consommation de vin de messe un rien au-dessus de la moyenne, accueille les membres du cortège à l'entrée de l'église. En apercevant la mine de Maria, il ne peut s'empêcher de la tancer d'un œil noir, réprobateur. (Me semblait qu'on avait réglé ça, ces histoires de tristesse-là... qu'est-ce que c'est que ces airs de* mater dolorosa? *Pas encore le coureur de bois toujours?...)*

*L'Eutrope fait grincher le lit en se retournant sur la paillasse piquante. Maria n'ose pas bouger; pourtant, sa guenille trempée aurait grand besoin d'être changée. Un écho lointain la ramène à sa journée de noces. «Acceptez-vous de prendre pour époux... fidélité... assistance... meilleur... pire...» Elle se revoit balbutiante bafouillante bredouillante, les mains réfugiées sous l'amas de dentelles, à l'abri de l'anneau maudit, un autre moi répondant pour elle: «Oui, je le veux»... et Eutrope, ivre de soulagement, un regard de chien-chien reconnaissant dans ses paisibles yeux brun terne et le curé lui lançant à elle, Maria, un coup d'œil du genre «t'as bien fait de dire oui ma fille, le pays a besoin de braves mères comme toi, la Patrie te revaudra ça»...*

*Cochonnailles, ragoûts, pâtés, volailles rôties, tourtières, plarines, beignets et sucreries diverses couvrent la table de la salle commune. Les convives mastiquent déglutissent remordent remâchent ravalent bâfrent s'empiffrent rotent rient et ruent autour d'une mariée blafarde sans appétit qui fait des efforts surhumains pour esquisser de-ci de-là un pâle sourire oui je suis heureuse oui j'exulte et je fonds de bonheur oui je l'aime mon Eutrope oui je lui resterai fidèle jusque dans la mort seule capable de briser les liens sacrés du mariage. Fatiguée qu'elle est notre Maria hein Maria que tu es épuisée avec tous ces préparatifs ce coffre de désespérance à garnir cette robe à fignoler ces nourritures à cuire toi la Mère et la Fille dans une seule personne il ne te manquait qu'une Sainte Esprit pour devenir Trinité divine hein que tu es au bout du rouleau Maria.*

*Les idées enchevêtrées à des images confuses, Maria Gagnon s'endort, un opiniâtre filet de vermeille révolte s'échappant de ses entrailles déçues pour aller souiller une catalogne nuptiale tissée sans joie.*

34

# Chapitre II

# 1971

— Envoye donc viens donc Maria... ça va être le fonne...

— Chus pas habillée pour ça, les gars, voulez-vous me faire mourir de frette? Les deux pieds dans sloche pendant trois heures, c'est bon pour les rhumatismes encore...

— T'as toujours ben ta pelleterie de la fée Carabosse... Pis on va te prêter des culottes à panneau en thermal... pis tu vas mettre des sacs de plastique dans tes bottes, y'a rien là... insiste Pierre-Luc, habillé comme pour un voyage dans l'Antarctique.

— Vous allez me prêter des QUOI? Non mais combien de paires s'il vous plaît? M'avez-vous vu la bedaine? C'est un PARACHUTE thermal que ça me prendrait, ma grande. Ah! pis des parades du Carnaval, j'en ai assez vu... toujours la même maudite boulshit... depuis qu'y ont enlevé les clubs de raquetteurs, j'trouve pus ça drôle... les fanfares se font de plus en plus rares à part de ça, avez-vous remarqué? Pis les chars de plus en plus cheap.

— Maria, c'est pas toi, ça, de renoncer aux plaisirs de la vie de même, minaude le Louis-Paul à la fossette diabolique.

— Ben tu sauras, mon beau ténébreux, que se faire geler à vingt sous zéro sus le bord de Saint-Cyrille en attendant que l'épais préposé au signal de départ aye vérifié toutes les tites jupettes des majorettes, c'est rough pour une bonne femme de quatre-vingts ans...

— On a plein de tits remontants pour toi, Maria. Envoye donc, tout le monde va être là sauf Gros-Jean, même Pit Pichette, ton felquiste préféré, qui va nous raconter ses histoires de prison après la parade. Wouèye donc... susurre Louis-Paul assis à ses pieds, cajoleur, entourant de ses bras les jambes de Maria, l'air suppliant. Tu peux même emmener Bovary, y va nous japper ça comme les autres années quand y vont jouer *Alouette*... Wouèye donc...

— Ah! oui? Pis qui c'est qui va le ramener quand y va hurler parce qu'y a les pattes salées pis congelées?

— Ben Zazie, c't'affaire...

— Zazie a pas besoin d'interrompre sa parade pour Bovary; si y'a keukun qui a l'âge de profiter d'un défilé c'est ben elle... OKAY D'ABORD salsifisse de taboire, y m'auront pas vivante... je vas y aller à vot' beuverie de touristes...

— Oooooh... OUUUhhhh youppie! sautillent à l'unisson les deux matantes préférées de Maria. Viens-t'en qu'on te graye ma belle!

La *pelleterie de la fée Carabosse,* un manteau cousu de mille piécettes de fourrures dépareillées, pèse au moins une demi-tonne. Une acquisition de Gros-Jean, au début de l'hiver passé, dans une vente de garage à Saint-Isidore, Gros-Jean qui pensait faire une affaire d'or en troquant un bougeoir de cuivre XVIIe siècle contre l'effrayant vêtement, offert en cadeau de Noël deux semaines plus tard à une Maria qui se plaignait de ne jamais avoir possédé de vrai manteau de fourrure de toute sa vie. «J'aurais ben dû me farmer la trappe pis continuer à porter mon vieux manteau en peau de tetou», songea Maria lorsque Gros-Jean, tout fier, lui mit les oripeaux sur le dos le 24 décembre 1969. «C'est pas mon beau François qui m'aurait donné un manteau de fourrure de même... entéka faut ben que je le porte astheure, pour pas faire de peine à Gros-Jean... y a pensé ben faire j'cré ben... ça m'apprendra à vouloir jouer aux richardes aussi...»

— Tiens, Maria, assaye ça ces canissons-là. Garantis anti-cuisse bleue c'est promis, jure Pierre-Luc, pis vas-y mollo sus le caribou parce qu'y paraît qu'en réalité ça réchauffe pas, ça accélère les effets du froid, l'alcool.

— Tu m'en diras tant grande Joséphine connaissante. Passe-moué mes mitaines fourrées pis mon passe-montagne avant de me faire changer d'idée, là, bougonne Maria entre deux poffes de Mark Ten.

— Les autres nous attendent au coin de Cartier, dépêche, on va manquer le Bonhomme!

— Ah ben! ça, ça m'en ferait de la peine, lui pis sa steppette débile qu'y renouvelle jamais, pis sa voix de scaphandrier pogné à vingt mille lieues sous les mers...

Pendant que Maria endosse son lourd manteau, la sonnette hurle son impatience. Des pieds furibonds escaladent bruyamment les vingt-deux marches de l'entrée. Rafale, porte ouverte style gestapo en pleine nuit. La Zazie surgit, essoufflée, longue tuque rayée blanc et rouge pendouillant sur le côté gauche de la tête, large sourire étampé sur son visage bourgogne.

— Kez' vous branlez bande de tarlas? Y'aura pus de place sua première rangée si vous arrivez pas! Va folloir aller virer à Saint-Sacrement comme l'année passée... Grouillez-vous le poil des jambes, astination de jambon!

— C'est Maria... à se décidait pas... a fallu y passer des culottes à grands-manches...

— V'nez-vous-en pis oubliez pas les cannes, y fa frette à se la fendre!

— Ah ben! toé, Zazie Pouliot, si tu penses que tu vas cuver du caribou à soir, avertit le rationnel Pierre-Luc.

— Tes oignons, pédale douce. Je bois mon caribou quand ça me plaît pis ma mére a dit que si j'ai l'âge de garder des enfants, j'ai l'âge de me réchauffer avec du jus de canne. Haye Maria, achèves-tu d'arriver saint-chrême? Je vous attends en bas avec Jos Binne, j'ai trop chaud. Ma première parade de soûlonne, stie, je veux pas manquer ça pour une terre en bois deboutte!

Le long des deux côtés du boulevard Saint-Cyrille, des policiers motards tendent un cordon imaginaire en roulant lentement tout près de la foule impatiente. Les trottoirs surélevés d'un bon deux pieds de neige sont bondés de gailurons emmitouflés, encapuchonnés, enveloppés de capots de chat, de *soutes à skidou,* de lainages, chaussés de bottes fourrées, canne creuse remplie de p'tit réchauffant à la main. Tous arborent les bonhommes miniatures qui sautillent sur les poitrines de plus en plus turbulentes. De partout tonnent des barrissements discordants: comme des pachydermes en vacances, les illustres trompettes de plastique expriment leur allégresse. De jeunes enfants hissés sur les épaules paternelles s'étirent le cou, espérant voir poindre à l'horizon le char du Bonhomme, annonciateur du défilé qui s'en vient.

Il est presque neuf heures. Les avides accapareurs de privilèges, plantés aux endroits stratégiques de la première rangée, dansent sur place depuis sept heures et quart. Ceux-là ne sentent déjà plus leurs orteils malgré les trois paires de chaussettes enveloppées dans les pages de journaux et les bottes de loupmarin. La foule gelée, convoquée pour huit heures, piétine dans la gadoue et les haleines s'élèvent dans l'air glacial comme autant de prières désespérées. «Viens-t'en, Bonhomme, astie, qu'on aille se réchauffer les pieds au plus sacrant.» Une bise coupante contribue à l'affliction hivernale. Des chanceux, juchés sur les centaines de balcons du boulevard, profitent de répits intermittents dans des intérieurs surchauffés. Certaines galeries sont pleines à craquer: on jurerait qu'elles vont s'effondrer sur la foule, en bas. On s'envoie des quolibets, on échange des blagues grivoises. Des bandes de jeunesses, déjà paquetées comme des ciboires un dimanche matin, titubent en chaînes houleuses, gueulant «Carnaval mardi gras Carnaval» et prenant témérairement la largeur de la rue: «On peut braver les beux à soir y' ont reçu l'ordre d'être fins c'est la parade stie.» Des groupes déambulent, attriqués comme des Anciens Canadiens, avec sur le dos une panoplie de souvenirs folkloriques achetés dans l'après-midi: cass' de poil ou tuque du Patriote, mocassins fourrés, ceinture fléchée, canadienne à capuchon; ceux-là criaillent dans leur accent *southern states*, émerveillés de la féerie hivernale québécoise, mais bien contents de retourner sous leurs palmiers dans deux jours.

La bande à Maria débouche au coin Cartier-Saint-Cyrille. «Je vous l'avais dit que ça servait à rien de se pointer icitte à huit heures moins quart: on voit même pas encore le Bonhomme», lance triomphalement Maria. Hélène les attend en retrait, leur fait signe avec sa canne. Sur les épaules, écrapoutie dans sa soute à neige, une Sophie pétrifiée; à ses côtés Mariette tient par la main un Sébastien figé. Gros-Jean n'a pas pu se rendre à Québec, prisonnier de ses bancs de neige saint-pamphiliens aux lendemains d'une tempête *king size*. Tit-Bob traîne quelque part avec ses cousins de Montréal, ses *maudzits* cousins de Montréal qui annuellement viennent lui rouler leurs *rrrrrr* dans les oreilles, le narguant avec leur métro-expo-Drapeau, soutenant que tout est plus gros, plus beau et plus fin à *Moréarl,* comme ils le prononcent dans un accent irréversiblement contaminé par une cohabitation prolongée avec les sujets de Sa Majesté.

Au populaire coin Cartier-Saint-Cyrille, bien sûr, pas un pouce carré de libre sur une épaisseur de cinq rangées d'humanoïdes. Pierre-Luc le photographe se risque à répéter le truc de l'année passée. «Excusez-moi messieurs dames, c'est jusse pour prendre une photo de nos amis venus de loin pis qui aimeraient ça avoir un souvenir de la parade, ça sera pas long merci mille fois vous êtes des cœurs, deux petites minutes merci ben, là.» Pédale douce s'éternise dans l'ajustement de son focus-photo-mètre-prise-de-vue et, le temps de faire entrer les amis *venus de loin* dans l'objectif et de leur soutirer un *cheese* superflu puisque tous sont morts de rire, voilà que l'on aperçoit au loin le char de Bonhomme. Euphorie contagieuse: Monsieur papatte-en-l'air a été repéré à la hauteur de Jonction-Sillery par les spectateurs des balcons. Trop excités par l'imminente entrée triomphale, les carnavaleux filoutés par la resquille de Pierre-Luc oublient le subterfuge, se tassent, se *sardinisent* cordialement, laissant une confortable place à Maria et aux siens, qui pourront donc voir la parade sans s'être fait congeler les orteils.

Maria piétine dans la sloche en cherchant quelqu'un des yeux.

— Dis donc, ma grande, tu m'avais pas dit que Pit Pichette serait de la partie, toi?

Un regard coupable de Pierre-Luc, et Maria comprend tout.

— Ah ben! toé ma salsifisse de grand-menteuse, tu m'as faite accroire ça jusse pour me traîner à parade, han?

— Fâche-toé pas, Maria, c'est à moitié vrai ce que je t'ai dit. Pichette est dans les parages pis y va venir nous rejoindre chez vous après le défilé. As-tu faite tes fameuses binnes hyper-sucrées toujours? Y est fou de ça...

— Ben quain, depuis quand que je fais pas mes binnes sucrées le soir de la parade de la haute-ville? T'es sûr qu'y est sorti de prison, c'te maudit poseux de bombes-là?

— Oui oui, ça fait un p'tit bout de temps à part de ça.

— Y' a manqué de donner de ses nouvelles monsieur Bozo-les-culottes?...

— Y dit que c'est mieux de filer doux pendant un bout de temps pis de pas trop compromettre ses amis parce que ç'a l'air que les beux le surveillent encore, intervient Jos Binne, articulant à grand-peine son explication tant les mâchoires lui claquent.

Insuffisamment habillé comme d'habitude, il grelotte à faire tomber ses poils faciaux. Bougrine non doublée, jeans serrés, un mince bandeau entourant son crâne, les mains dans des gants ajourés par l'usure et les pieds dans des bottes de jobbeur non fourrées, Jos Binne se dandine l'air affligé.

— C'est-tu une pneumonie que tu veux absolument, mon Jos? s'inquiète Maria. Tu t'es habillé comme en septembre encore... Viargette t'es aussi ben de retourner à maison, quain, v'là les clés. Pis vérifie donc tant qu'à y être si mes binnes sont pas calcinées dans mon merveilleux four cinquante degrés à côté de la track.

Jos Binne, ficelé par le froid, souffre trop pour opposer à son amie la moindre résistance. Il s'empare des clés, pivote sur ses talons et prend le chemin du retour sans demander son reste. «Au yâbe l'hostie de char des duchesses stie, y vont me prendre pour une sculpture sur glace si je reste icitte encore cinq menutes de plusse», songe Jos Binne en courant le long de la rue Fraser et en soufflant dans ses mains pour les réchauffer. À chaque pas, ses orteils, irrigués par une circulation dont ils avaient oublié l'existence, veulent tomber. «J'arais ben dû sacrer mon camp au Maroc pour l'hiver avec Simoneau aussi...»

Les fanfares défilent joyeusement, entrecoupées de chars étincelants. Maria, gagnée par la gaieté de la foule, tape dans ses mitaines de cuir, exécute quelques pas de quadrille pour défier le froid, accroche de son coude tous ceux et celles qui se trouvent dans son champ de vision, Zazie la plupart du temps. La moitié du *tit flasse* de 26 onces se trouve déjà dans son système sanguin. Elle *fesse dans le décor,* la Maria, avec son manteau pellagreux, sa cagoule noire, ses énormes paluches de cuir jaune, sa longue tuque poteau-de-barbier, jumelle du couvre-chef zazien, et ses mocassins fourrés d'où dépassent des bouts de sacs de plastique, logo du Steinberg nez dehors.

— Encore une tite shot, ma Zazie? offre Maria à sa protégée.

— SAR-tainement, astifie. Ça fait du bien iouske ça descend, hein Maria? Wouche! maudit qu'on est ben! Si c'est ça être chaud, je veux passer le reste de ma vie sua brosse, ostensoir!

— Lâche pas ma Zazie, y nous auront pas vivantes!

Il n'existe personne au monde comme la paire Maria-Zazie pour se payer le gueule du populo. Elles ont en commun une sainte horreur du conformisme, des modes esclavagistes, de l'uniformisant et du dépersonnalisé.

— As-tu vu le paquet de *fouiches*... C'est quoi l'idée de porter du barriolé toute pareil de c'temps-là, donc, Zazie? C'est-tu lette ces ensembles de ski là... On dirait une gang de fous du roi au pays des neiges... Y s'aiment pas, je cré ben, le monde, pour s'attriquer de même. Pis les enfants en costumes-lettes version miniature. Nous autres on fait dur, mais au moins on est exclusives dans not' faisage dur, han? argumente Maria, riant et toussant à s'en cracher les amygdales.

— T'as rien compris, Maria! s'esclaffe Zazie, dont le cerveau commence à sentir les effets de l'alcool, c'est un concours de quétainerie, pis y vont toutes gagner, ha!ha!ha!

Zazie s'en va mourir d'hilarité incontrôlable dans le premier banc de neige réceptif, pendant que Maria, étouffée dans son rire, trouve appui sur l'épaule d'un Pierre-Luc absorbé dans la contemplation d'un figurant à la fesse fraîche: appétissante tomate en collants rouges perchée sur le char allégorique du ministère de l'Agriculture.

Autour, des milliers de familles québécoises, effectivement, partagent le look uniformisé des costumes de neige salopette-*jacket* couleur pétante hachurés de lignes couleur encore plus pétante. Dans leur soute de nylon qui émet un *fouiche* au moindre mouvement, les carnavaleux accompagnent les corps de clairons. *Et fouiche, et fouiche, et fouiche fouiche fouiche!* Ainsi, pas loin du groupe de Maria, papa fouiche, maman *fouiche*, fiston et fifille fouiches, la parfaite famille *quadra,* comme les appelle Maria, accompagnent le *Vive la Canadienne vole mon cœur vole* d'une percussion exclusive au Pays de Québec.

Des majorettes maigrelettes défilent dans leurs collants minces, cuisses gelées, rêvant à leur lit et à une bonne tasse de Nestlé Quick chaud, rien de plus. Mais maman vaniteuse, n'est-ce pas, les envoie en appâts-à-maris à vingt sous zéro exhiber leurs jeunes formes et leur indéniable aptitude à faire tournoyer dans les airs un bâton chromé pour le rattraper sans faillir. Elles font pitié à voir, frissonnantes dans leurs jupettes affriolantes. Maria les regarde défiler en pestant intérieurement contre les marâtres responsables d'un tel étal de viande congelée.

La petite Sophie présente des signes d'engelures à prendre au sérieux. Sébastien, lui, pleure des glaçons.

— Moi c'est pas de mes affaires ma belle Hélène, mais ta Sophie à commence à avoir des plaques blanches dans face pis ton Sébastien y ressemble au docteur Zhivago revenant d'une longue chevauchée dans les steppes enneigées de la sibérienne Russie, ricane Maria.

Hélène et Mariette, après consultation, décident d'aller coucher les enfants.

— Bon restant de parade! On se revoit dans une heure! Venez-vous-en les enfants, on r'viendra en entendre d'autres, des boum-boum, à l'été, quand y fera plus chaud, han Sébastien?

En voyant Zazie affalée bras en croix sur le banc de neige, en train de compter les flocons qui viennent de se mettre à tomber, Mariette fait un signe de tête à Maria: «connais-tu une gardienne fiable dans le Vieux? Sinon on se verra demain je cré ben...»

— À c't'heure-citte ma belle ché pas trop. Prenez donc un taxi pis allez donc les coucher dans mon litte, les p'tits. Jos Binne est déjà là, han que c'est une bonne idée? Rien de trop beau, la soirée est jeune!

— Ouais O.K. à talleur d'abord.

Ne restent plus que quatre valeureux guerriers dans ce combat sans merci contre la neige, le verglas et la froidure. Maria, Zazie, Pierre-Luc et Louis-Paul, passablement givrés dans tous les sens du terme, se serrent, front commun indispensable pour *toffer* le reste du défilé en cette soirée peu clémente de février.

Oups, catastrophe dans l'avant-dernier corps de majorettes. La minuscule leader du groupe, six ans au plus, menottes gelées, au bord de l'hypothermie, laisse échapper son bâton, qui s'en va percuter une plaque de bitume indifférent, de quoi rompre sa glace. «Dis-moi que tu me puniras pas, maman...», semble implorer la mignonnette par ses sanglots. Maria suit la scène des yeux, oubliant jusqu'au jeu de lumières époustouflant du char d'Hydro-Québec. On retire discrètement la fillette du défilé. Le gérant exécute un boulot impeccable. Quelle diplomatie. Ni vue ni connue, la petite gaffeuse, sauf peut-être des carnavaleux un peu plus sobres et, évidemment, de la maman bourgeoise vaniteuse. Ayant suivi sa petite vedette d'un œil exigeant le long du boulevard dans son soyeux vison noir, elle s'approche du gérant pour s'enquérir dédaigneusement de l'état de la fillette à demi comateuse. L'air courroucé, l'élégante visonnée s'en prend au bicep droit de la fillette, qu'elle secoue vigoureusement, mitraillant dans la petite oreille rougie par le froid et la honte un chapelet de réprimandes acerbes.

Maria ajuste les missiles de ses yeux sur la mère déçue. Étrivée par le froid, par la gnole, par une heure de performance vocale *fortissimo* et de steppettes endiablées, la Jeannoise se met à bouillir d'indignation devant le spectacle de la mini-majorette effondrée de culpabilité. Elle serre les poings, part comme une balle, traverse la rue en trombe, se fichant éperdument du désordre causé par son irruption dans les rangs symétriques du peloton de fillettes, puis bondit, furieuse, sur le trottoir opposé, arrive face à face avec la rombière aux airs dégoûtés par l'échec de son enfant. Les tchommes, figés par le décollage subit de leur amie et plus respectueux de la *configuration majorettique,* observent la confrontation de l'autre côté de la rue.

— Non mais aye, sasse-peut-tu une maudite sans-génie de même… faire geler une tite fille à moelle jusse parce que c'est kioute à c't'âge-là!? Qu'est-ce que vous avez entre les deux oreilles, adulte mature consciente et responsable: DU JELLO? Si c'est ça les nouveaux parents, ligature pour tout le monde, pis ça presse!

La marâtre, interloquée, oppose une moue de répugnance à l'haleine de Maria, détaillant son costume des pieds à la tête dans un gracieux mouvement du chef. La belle madame empeste le parfum cher.

— Non mais… Qui est cette pauvre vieille chose qui ose venir m'aborder dans un langage ordurier pour me dire comment élever mon enfant? Vous dérangez le défilé, Madame, et vous sentez le fond de tonne… dégagez je vous prie.

Maria explose, se rue sur les revers du luxueux pelage qu'elle empoigne et se met à secouer, comme un jeune pommier avare de ses fruits, la mère outragée.

— La *pauvre vieille chose* à va te faire ravaler ton rouge à
lèvres à vingt piasses le tube, maudite pimbêche de mère
dénaturée! Pis langage ordurier MON CUL! (Une pensée-
éclair pour Zazie.) C'est pas parce que tu parles en tarmes que
ton enfant est entre bonnes mains! Pis la vra vulgarité, c'est
pas de dire pipi-caca-crotte, ma belle madame-sent-bon, c'est
d'avoir le cœur assez sec pour faire passer ses fantasmes
d'ancienne tite-fille ratée sur le dos de son enfant… OUI, je
sens le fond de tonne, pis? Au cas où tu l'aurais oublié, c'est
le carnaval, madame *Chanel no 5*! Là tu vas aller réchauffer ta
fille au pas de course ou bedon je t'épile le Mont de Vénus à
frette!

Maria a les yeux sortis de la tête. Elle postillonne, s'accroche
au manteau de vison, brasse la dame ahurie qui, yeux écar-
quillés et maigre cou étiré comme celui d'une oie attrapée par
son fermier la veille de l'Action de grâces, cherche du regard
quelque secours et, dans un râle quasi inaudible, appelle à
l'aide: «Au s'cours au s'cours faites quelque chose cette pauvre femme a perdu la raison, police, au s'ccc…»

Deux agents de l'ordre, habitués à intervenir dans les
nombreux conflits des soirs de défilé, viennent tenter de
dégreffer Maria, dont les grosses mitaines de cuir jaune
s'enrichissent de quelques poils de vison.

— Aye! Allez-y mollo m'sieur l'agent! crie Pierre-Luc,
arrivé en courant avec les autres sur les talons. Est pus jeune
jeune c'te madame-là. Laissez faire on va s'en occuper merci
bien bonjour au revoir bons rêves à la prochaine y' a rien là
beu-baille on vous aime ben gros tout le monde.

Les deux amis de Maria l'entraînent discrètement à
l'écart, suivis d'une Zazie complètement ivre, pliée en deux
de rire. Direction *home sweet home* en longeant le boulevard: faudrait quand même pas manquer le char des duchesses. «Filons doux, c'est pas le moment de se faire remarquer,
avec tous les beux à Trudeau qui traînent encore dans le
coin, pis qui ont l'accusation de felquisme plutôt facile de ce
temps-là. Viens-t'en Maria laisse-la faire tu peux pas régler

tous les problèmes du monde on va se faire des grogs à quatre-vingt-dix-huit pour cent rhum O.K.? Mais qu'est-ce qui t'a pris de prendre la défense de c'te tite fille-là comme une enragée donc Maria?…»

Maria cesse graduellement de se débattre, protestant faiblement dans une voix rauque où se mêlent quelques larmes d'indignation «on n'a pas le droit de faire souffrir des enfants de même… jusse pour paraître smatte… on n'a pas le droit… les pôp'tits». Puis, revenue à son naturel gouailleur, elle décoche un regard noir à Pierre-Luc.

— M'A T'EN FAIRE MOI DES *«EST PUS JEUNE-JEUNE LA MADAME»* MA GRANDE SACRAMENTE DE FACE-À-CLAQUE!

Le quatuor croule d'hilarité en achevant le contenu des cannes et tits flasses.

Un peu plus loin, Pierre-Luc et Louis-Paul entourent Maria et Zazie de leurs longs bras. D'obèses flocons paresseux se sont mis à saupoudrer la nuit. Le temps est suspendu, comme dans les films où l'on coupe le son pendant qu'au ralenti un personnage important se fait assassiner, poussant un long cri muet. Le tintamarre carnavalesque s'évanouit, lointain. Six Blanche-Neige grimpées sur un char aveuglant de lumières sourient sans relâche au peuple débridé. À croire qu'elles ont les commissures accrochées aux oreilles par quelque prothèse chirurgicale invisible. Pierre-Luc et Louis-Paul ne tiennent plus à les voir, ces duchesses à la main droite mécanique, programmées pour faire des beu-baille à la foule, ces hôtesses rémunérées engoncées dans leur capuchon en pseudo-hermine avec leur visage figé, copieusement plâtré d'un fond de teint exagérément chair. Ils se consultent amoureusement du regard, puis se tournent vers leur amie révoltée, dont ils savent si peu de choses, au fond. Zazie tient solidement Maria par le bras; de ses grands yeux embués par sa première consommation éthylique d'envergure, elle appuie la révolte de sa vieille amie sans retenue. «Enwouèye Maria donne-zieu la claque au monde entier lâche pas je te baque à cent pour cent contamine-moi je veux comme toi vivre la tête haute je veux pas mourir l'échine pliée en deux comme tant de monde. J't'aime, moi, Maria, oublie jamais ça.»

Pierre-Luc et Louis-Paul, intrigués, interrogent Maria sans parler. Quatre yeux de velours scrutent ce visage indigné sur lequel ils découvrent soudain des traits lourds de mystère, après deux ans de fréquentations assidues. «On sait rien de toi, Maria, depuis le temps qu'on foire ensemble... Veux-tu ben nous dire où t'as appris à sacrer de même, toi, Maria... Pis tes enfants..., tu nous en as jamais parlé? Où sont tes enfants, Maria? Pis ce François Paradis, Maria, c'est qui? Y est-tu en vie? Où ça? Pourquoi tu nous parles jamais de ton passé, Maria? Une belle femme aimante comme toi, Maria, sans enfants, c'est quasiment pas possible... Dis-nous, Maria... tes enfants...»

Maria n'est pas dupe de ce questionnement tacite. «Rien à faire, les gars, ces secrets-là, c'est à une femme que je les ai confiés, à la seule femme capable de comprendre, à la seule amie de femme que j'ai jamais eue dans ma sainte vie», songe-t-elle. Exceptionnellement douée pour changer de sujet, elle lance: «Bon ben aye les gars on s'en va se faire des grogs, la parade est finie, après les duchesses y' a pus rien, c'était le fonne, HAN?»

Maria a repris du poil de la bête. Surtout avec tous ces élégants cheveux de vison accrochés à ses mitaines. Entraînant ses trois amis, elle fonce sur le boulevard, fendant la foule démembrée, soutenant Zazie dont le teint vert pâle commence à inquiéter. Pierre-Luc et Louis-Paul emboîtent le pas, hésitants, perplexes, mélancoliques.

— Venez-vous-en, mes grandes, on s'en va tomber à pleine face dans les binnes sucrées à Maria!

## Journal à François Paradis

*le 8 juillet 1911*

Mon cher mon tendre mon beau François,

Il fait chaud. On veut mourrir. Les mouches noire
nous rende la vie impossible. Bientô ce sera le temp
des bleuets et je ne peux pas m'empêcher de penser
fort fort à mon beau François. Les bleuets me ferons
toujour penser à toi, mon grand amour ensoleillé.

Mademoiselle Lavoie avait donc raison... j'ai fais
passablemant de progrè dans mon français écrit. Il faut
dire que chaque soir je mi met sérieusemant. Qu'est-ce
qu'on peux faire d'autre, ici, au milieu du bois, le soir,
une fois que le barda est fini? Oh, je fait encore des
erreurs et j'en ferai probablemant toujour, mais quelle
différance avec l'anné passé! Cela vaut la peine, oui, de
persévérer. Quelle joie de pouvoir t'écrire avec plein de
beaux mots justes. T'écrire, François Paradis, c'est
ouvrir la petite fenêtre qui donne sur toi.

Mon dictionaire commence à être usé, ma
foie... Cette semaine, j'ai appris le mot «concupiscence». Tu vois, je suis à la lettre C, déjà.

Le comissaire d'école est vennu au village la
semaine passé pour nous faire passer des examens
de français. Devine quoi: j'ai réussit avec mention
«très bien», et j'entreprend ma deuxième anné de
français maintenant, par correspondance. Je change

d'institutrice. C'est une demoiselle Dubois de Chi-
coutimi qui va m'enseigner, corriger mes compositions. Est-tu fier de moi, mon François? Comme
j'aimerais que tu soies là, devant moi, avec tes
grands yeux bruns feuilles d'automne, pour me dire
combien tu est fier de mon succès.

Tu me manque tellemant, je pleure souvent la
nuit en pensant à tes belles mains tanées par le
soleil. J'aurais tant voulut que tu me touche avec tes
belles mains avant de disparaitre... Je pense sou-
vant à tes belles mains le soir avant de dormir, et
j'ai mal au corps. J'ai plein de concupiscence en
moi quand je songe à toi.

Eutrope ne veut toujour pas apprendre à lire ni à
écrire. S'il savait ce qu'il manque le pauvre homme!
Toutes ces soirés à mâcher sa pipe au coin du feu et à
jongler en se faisant du souci pour les récoltes. Quelques fois il regarde par-dessu mon épaule pour voir
ce que je lis ou écrit. Pauvre Eutrope, il ne comprends pas un mot. Je me dis que tant mieu par exemple, parce que si il comprendrait les petits signes que
je trasse sur le papier, il lirait combien je t'aime et ça
lui ferais certainment de la peine.

Est-tu heureux, mon François, dans ton nul part?
As-tu froid? Es-tu au chaud? T'ennuies-tu de moi?

Je prie la Sainte-Vierge de moins en moins, tu
sais. Crois-tu que le démon est en train de s'emparer
de moi? J'ai l'impression qu'elle m'abandone, notre
sainte Mère, mon François. Peut-être qu'elle veut
me punnir parce que je t'aime tant. Parce que je
n'aime pas mon Eutrope comme je serais supposé
de l'aimer.

Monsieur le curé m'avais demandé de t'oublier
mais c'est impossible, cher amour perdu. Plus de
deux longues annés déja que cette maudite tempête
t'a emporté dans ses bras, loin, si loin de moi...

Eutrope dit que je jure de plus en plus. J'ai commencé à jurer au mois d'octobre l'année passé, mon François. C'était la deuxième fois que la bonne sainte Vierge m'abandonait, après t'avoir écarté dans la tempête...

## 17 octobre 1910

— *Mon doux Jésus, j'en peux pus, Eutrope, va quérir le médecin.*

— *Ben... heuh... ça peut pas être le grand jour, Maria, t'as juste trois mois de faites..., j'sais pas moé... la jument est pas mal fatiguée...*

*Sur sa couche, Maria se tord, les mains emmêlées dans son chapelet mouillé de sueur, soufflant, geignant, s'enroulant dans les épaisses couvertures de laine pour s'arrêter de grelotter, puis s'en dégageant brusquement, bouillante, cherchant l'air. Depuis trois jours, de fulgurantes douleurs lui tenaillent le bas du corps; depuis trois jours, Maria tente de les repousser à coups d'Ave Maria. Intermittentes, les crises se sont rapprochées au point que Maria a dû s'aliter tout de suite après le trait ce matin.*

*Il est sept heures du soir. Eutrope se tient debout à côté du lit, tournant entre ses pouces inutiles sa casquette molle, ne sachant que faire, ne sachant que dire, gourd, impuissant, idiot. Maria supporte de plus en plus mal les crampes qui la poignardent. Elle soulève son bassin, arque le dos, pousse un hurlement à chaque attaque. Ses entrailles saignent abondamment. Agacée par l'inertie d'Eutrope Gagnon son mari, elle sent monter en elle une colère jusqu'à ce jour étrangère à sa bonne nature de paysanne résignée. Elle hausse une voix où perce son irritation.*

— *Je le sais, Eutrope, que c'est pas le grand jour, pis laisse donc faire la jument fatiguée, tu vas quand même pas me laisser mourir comme on a laissé mourir ma mère? Vas-y,*

51

*Eutrope, chercher le docteur, ça prendra le temps que ça prendra!*

*Eutrope Gagnon entreprend lourdement la descente de l'escalier, comprenant enfin que le professionnel sollicité par son épouse malade peut sans doute lui venir en aide.*

*— Pis c'est pas des pilules pour les rognons que j'ai besoin, Eutrope! Ramène-moi pas Tit-Sèbe le ramancheur non plus! Je cré ben que j'suis en train de perdre notre p'tit bonne Sainte Vierge!... lance Maria dans le dos voûté de son mari.*

*— Ah! ben! par exemple Maria ça sert pas à grand-chose par exemple de jurer par exemple, murmure Eutrope en arrivant au bas de l'escalier.*

*BONNE SAINTE VIERGE DE DOUX JÉSUS QUE J'AI MAL AU VENTRE!!!... expulse Maria lorsqu'elle entend la porte de la maison se refermer derrière son mari.*

*Onze heures. Eutrope monte pesamment l'escalier de bois, suivi du médecin. Maria, étendue sur un amas pêle-mêle de couvertures rougies, semble dormir. Le praticien s'approche, l'ausculte, lui ouvre les paupières pour constater que la malheureuse s'est évanouie.*

*— Va me chercher une bassine d'eau pis des linges, Eutrope, ça presse!*

## 19 octobre 1910, dix heures du soir

Seule à l'orée du bois, dans le silence de la nuit, elle se tient droite près du tumulus où Eutrope a planté une mince croix de bois. Des larmes silencieuses irriguent son beau visage fatigué. Enseveli dans le terreau presque gelé déjà, couché dans une boîte de fer-blanc à peine plus grande qu'un livre, le premier enfant de Maria Gagnon s'est endormi pour toujours. Elle, à travers ses pleurs, consulte les nuages d'acier, espérant y déceler quelque justification à son malheur, puis pose un dernier regard sur le sinistre berceau de l'enfant inconnu.

— Toi, je t'aurais appelé François.

## Journal à François Paradis

*le 20 septembre 1912*

Mon beau François que j'aime tant,

Mon père a perdu son engagé, Edwidge Légaré. Tu te souviens de lui, un gros court qui déracinait les souches à s'en faire mourir? Eh bien c'est une souche qui l'a finalement arraché à la vie, notre Edwidge. Jeudi passé, il faisait une chaleur pesante pas ordinaire. Edwidge comme c'est son habitude s'est entêté à déraciner une souche. Il paraît qu'il en soufflait un coup, le pauvre, que son visage était rouge comme une pivoine mûre. Ils lui ont dit, mon père et Esdras, de prendre ça aisé mais il la voulait, sa souche. Moi je n'était pas là mais il paraît qu'à un moment donné, Edwidge a arrêté de bouger subitement, qu'il avait les yeux fous, qu'il fixait dans le vide et puis qu'il a lâché sa prise pour mettre la main sur son cœur avant de s'efondrer sur la souche. Quand mon père l'a retourné, ses yeux étaient tournés vers le ciel et il ne respirait plus. Le docteur a dit que c'était un «infractus», une crise cardiaque. Il a dit qu'à cette âge-là, c'est mieux de pas trop faire de travail violent. Mon père, il a eu peur. Lui non plus, n'est plus jeune jeune. Mais tout ça, mon beau François, ça doit t'enuyer, toi qui aime tant les grandes espaces, la libertée, les voyages...

On dirait que la divine providence s'acharne contre nous dernièrement. J'ai encore perdu un enfant, encore un, mon François. C'était le mois passé. J'avais quatre mois et demi de fait. Comme pour le premier, j'ai perdu beaucoup de sang et le petit s'est faufilé en-dehors de mon ventre pendant que j'étais évanouie. Le docteur a dit de faire attention, que c'était peut-être pas ma destinée d'avoir des enfants. Moi, je peux pas croire, mais j'ai bien failli y passer cette fois-là.

Eutrope et moi, on ne se décourage pas et on continu de faire notre devoir. Si tu savais, mon beau François, comme ça me fait mal faire mon devoir... et à Eutrope donc... le pauvre homme hurle à chaque fois... Quand est-ce donc, que je vais tomber enceinte pour de bon? Quand est-ce que mes petits vont rester accrochés à moi?

Le curé nous dit de persévérer mais il commence à se demander si nous n'avons pas fait quelque péché grave parce que la famille n'arrive pas. Il me regarde toujours bizarrement à la communion, et me pose toutes sortes de questions embêtantes à la confession. Y a pas à dire, mon François, je t'aime trop et le ciel veut me punir. C'est de toi que je voudrais des enfants, de toi François Paradis. Peut-être alors qu'elle resterais dans mes entrailles, la semance... Moi je peux pas croire qu'on mérite une punition parce qu'on aime à en mourir. C'est si doux, aimer, comment est-ce que ça peut faire du mal au monde? Comment le bon Dieu peut-il nous reprocher ça?

Mais la semance d'Eutrope, elle, elle ne sent peut-être pas assez d'amour en-dedans de moi... elle se sent peut-être dépaysée, comme moi je me sens dépaysée avec Eutrope...

Le petit, mon deuxième, est allé rejoindre l'autre à l'orée du grand bois. Lui aussi, je l'aurais appelé François.

*26 juin 1913*

François Paradis mon amour,

Le ciel m'abandonne, y a pas à dire. La terre est en deuil depuis deux jours. Et moi, mon François, je suis doublement endeuillée. Ah si tu étais là pour me tenir la main... comme ma douleur paraîtrait plus douce... Pourquoi est-ce que tout le monde meurt autour de moi?

Avant-hier, mon père nous a quittés. Il s'est fait tuer, écrasé par un arbre. Un arbre qui est tombé sur lui sans que personne puisse l'arrêter. Pas un geste de la bonne sainte Vierge pour empêcher la catastrophe. Pas un souffle du bon Dieu pour détourner le mélèze géant de sa trajectoire maudite. Mon père était allé dans le bois tout seul pour abattre ce grand arbre; il paraît qu'il a mal mesuré ses distances. Il était peut-être distrait, ou fatigué... il n'a pas pu l'éviter. On dirait que ce grand arbre-là a voulu se venger pour tous les autres que mon père avait abattus...

Quand ils l'ont transporté à la maison, il était déjà mort. Moi, je suis accourue. Je l'ai trouvé dans son lit, la moitié du visage écrabouillée, quelle tristesse... Où était notre sainte Mère quand le géant s'est affaissé sur Samuel Chapdelaine? C'est peut-être parce que je ne la prie pas assez, notre Mère du ciel... Il faut avouer, mon François, que depuis la mort de mon deuxième enfant, je ne priais plus autant. De plus en plus se creuse un vide en moi lorsque je dis mes Ave Maria, comme une voix en-dedans, un écho moqueur qui rit de moi...

Ah, cette satanée voix, depuis le jour de ta mort, je pense, qu'elle me nargue...

Et l'Alma-Rose qui s'est réfugiée dans mes jupes. Pour sûr que c'est moi qui va prendre soin d'elle maintenant, avec Esdras qui devient le chef de famille et toute la terre qu'il lui reste à faire, avec Da'Bé pis Tit-Bé. Télesphore est disparu depuis deux jours... il se cache probablement dans le grenier... comme chaque fois qu'un grand malheur s'abat sur nous. Quand maman est morte, il est resté là une semaine à jaser avec les mulots, à moitié fou. Il me fait peur, Télesphore... des fois je pense qu'il n'a pas toute sa raison, avec ses démons qui le torturent incessament. On dirait que le Vilain tient absolument à l'emmener avec lui au fond de son enfer, celui-là...

Eutrope a construit un beau grand cercueil avec le maudit mélèze. «Autant qu'y serve à quelque chose as't'heure» qu'il m'a dit. Il est tellement «pragmatique» Eutrope. (Mon beau François, je sais que ce n'est pas le moment de te dire ça mais je suis à la lettre P dans mon dictionnaire et je viens de réussir mon examen de trosième année de français avec Monsieur le commissaire. Es-tu content? J'ai tellement besoin que tu sois fier de moi mon cher amour, surtout aujourd'hui...)

Tu te demandes sans doute pourquoi je t'ai écrit que j'étais doublement en deuil... Eh bien oui, j'ai perdu mon troisième bébé avant-hier lorsque j'ai vu mon père étendu là, écrasé par un arbre. Cette fois, ma fausse-couche a été rapide, j'ai presque pas perdu de sang, j'ai rien senti. Crois-tu que je suis en train de m'endurcir le cœur mon François? Le bon Dieu m'en veut-il à ce point-là?

Demain, nous enterrerons mon père et je déposerai à côté de lui dans la tombe mon petit, qui avait seulement deux mois de vie. Ils pourront faire un brin de jasette en montant au ciel toujours. Je dis pas ça pour ridiculiser les morts, mon pauvre François, mais je me dis qu'il vaut mieux prendre tous ces malheurs-là avec un peu de poésie au lieu de se laisser pâtir de tristesse...

Je m'en vais me coucher, mon bel amour de neige, j'ai le cœur gros comme un poing qui va frapper. Je suis épuisée de la mort.

C'est pas juste, François Paradis, de mourir avant de mettre le nez au monde...

## 30 avril 1916

*Dans sa large chaise berçante qui regimbe à chaque va-et-vient, Maria Gagnon lorgne méchamment, par la fenêtre exiguë de la salle commune, la mince étendue ouatée d'un blanc grisonnant qui s'obstine bêtement à recouvrir le sol encore gelé. «Hiver de malheur, quand est-ce que tu vas finir par t'en aller.» Puis, un chapelet dans une main, un livre dans l'autre, elle se replonge dans sa lecture, à la lueur d'une lampe à l'huile crasseuse. Alma-Rose est couchée, en haut, dans la petite chambre aménagée par Eutrope. À cette heure, l'époux ronfle du ronflement du juste, abruti par une autre journée de labeur.*

*Maria soupire en caressant son ventre bombé. Un enfant, en elle, tarde à venir au monde. Il signale sa présence en décochant de temps à autre un coup de peton insolent. Neuf mois et demi, quel miracle... Maria a repris espoir. Elle s'est remise à dire des Ave, pour le voir naître, celui-là. Son bébé va venir au monde au printemps, une vraie résurrection après les trois petites âmes disparues avant l'âge de cinq mois. Presque un par deux ans, depuis son mariage...*

*Maria en veut à cette neige qui s'accroche à la vie. Le moindre flocon doit disparaître de la surface de la terre pour la venue de son François. «Dépêche-toi de fondre maudite neige qui as fait mourir mon amour, tu ne verras pas naître celui-ci.»*

*À la vue des champs gris qui s'étirent au loin, elle songe à Tit-Bé, tombé là-bas sur les grandes terres hostiles de France, couché dans une mare de boue, la poitrine trouée... Tit-Bé parti défendre sa patrie, Tit-Bé qui s'est tant dépêché de res-*

*sembler aux hommes, avec sa pipe, son rasoir, sa charrue et puis maintenant son fusil, et puis maintenant son maigre corps transpercé...*

*— Ça a dû être terrible dans les tranchées, mon Tit-Bé, songe Maria, l'humidité, la fatigue, la vermine, les balles qui sifflent tout près des oreilles. Pauv' Tit-Bé, j'espère que tu n'as pas eu trop froid, ni trop faim, ni trop peur... et tous ces ennemis, autour, qui attendent juste le clairon de la victoire pour aller piétiner ta chair encore tendre...*

*Maria Gagnon secoue ses affligeantes pensées, reprend ses Ave, heureuse d'imaginer les petits membres potelés de son François qui s'en vient. Elle est énorme. Son ventre a commencé de lui faire mal cette semaine, quand Eutrope a rapporté la lettre du ministère de la Défense. Quelques légères crampes espacées, puis d'autres, plus fréquentes, plus pénibles. Ce soir, elle se sent particulièrement affaiblie. Le livre, abandonné sur son giron, s'est refermé tout seul sur le signet d'écaille. Maria, tête renversée, se met à prier, yeux clos. Une somnolence insidieuse l'entraîne...*

*Des champs de tournesols géants dardés par un soleil accablant s'étendent à l'infini. Mille voix ricaneuses, des voix de fées malfaisantes, hurlent à tue-tête «François Paradis, laisse les fleurs tranquilles! François Paradis tu vas te couper! Le glaive est tranchant François Paradis, et toi tu es bien tendre!»... Un garçonnet dont les cheveux se mêlent au foin, muni d'un sabre extravagant, s'amuse à décapiter les longues fleurs indolentes qui l'une après l'autre abdiquent au ralenti, confondant leurs têtes sur le sol brûlé. L'enfant, ivre de soleil, rit à cœur ouvert et à gorge déployée. «François Paradis rentre ton couteau! Les fleurs vont se retourner contre toi!... Gare à leurs terribles lames François Paradis! Le glaive est tranchant et toi tu es bien tendre!»... Grondant au loin, une vague gigantesque déferle soudain, bienvenue, sur le champ assoiffé; les tournesols guillotinés dansent une farandole démente dans l'onde agitée, les voix se noient, on n'entend plus que les derniers gargouillements de leurs bouches naufragées; le garçonnet, épée*

*rouillée encore à la main, donne des coups rageurs à l'aveu-*
*glette, fend les flots comme un désespéré... son rire sombre*
*avec lui en une longue plainte ignorée du monde...*

*Juste avant l'aurore, Maria Gagnon se réveille en nage. La*
*chaise berçante couine dans une mare visqueuse. Un coq imper-*
*tinent fracasse le silence nocturne. Maria s'affole. S'extrait du*
*siège assailli par les eaux maternelles. Appelle le mari engoncé*
*dans la torpeur. Appelle Alma-Rose. Appelle sa mère.*

*— EUTROPE, VA ATTELER, LE P'TIT S'EN VIENT!!!*
*Eutrope m'entends-tu? Va chercher le docteur, j'ai perdu mes*
*eaux... Eutrrr...*

*Une crampe la foudroie. Son hoquet la reprend. Elle se ras-*
*soit, le souffle court. «Bonne sainte Vierge aidez-moi, réveillez*
*mon mari...» Le chapelet est resté accroché au bras de la*
*chaise. Il pendouille, sourd aux prières de Maria Gagnon.*

*Alma-Rose, grande adolescente, apparaît, fripée de som-*
*meil, au bas de l'escalier.*

*— Va brasser Eutrope, Alma-Rose, le bébé s'en vient!...*

*Dégourdie par les paroles de sa grande sœur, Alma-Rose*
*grimpe les marches quatre par quatre, se rue sur son beau-*
*frère, secouant la paillasse, lui criant des «Eutrope - réveille -*
*Maria - accouche»!*

❏

*Assis au pied du lit où repose Maria, la tête enfouie dans*
*ses mains calleuses, Eutrope attend le réveil de son épouse. Il*
*pleure doucement.*

*— Eutrope... c'est un garçon, Eutrope?... dis-moi que*
*c'est un beau garçon, mon Eutrope..., demande Maria d'une*
*voix frêle en s'éveillant.*

*— Oui ma femme, un garçon... rendors-toi, t'en as besoin*
*Maria... tu viens d'en passer une dure, ma femme...*

*— Eutrope?... on va l'appeler François, han?...*

— *Oui oui... plus tard, plus tard, Maria... t'as besoin de te reposer, là... dors.*

❏

*Maria tourne le dos au monde entier. Couchée sur le flanc dans sa paillasse, un bras recourbé en guise d'appui-tête, face contre le mur de planches noueuses, elle macère dans son désespoir, incapable de verser la moindre larme.*

*Mort-né... mon François... mon seul bébé François... ça se peut pas, Vierge Marie, vous me haïssez... pourquoi vous me l'avez enlevé... pourquoi... je l'aurais tellement aimé ce petit-là... c'est pas parce que j'aime François Paradis bonne Sainte Vierge que j'aurais fait une mauvaise mère... je l'aurais aimé pour deux, mon petit François... qu'est-ce que vous vouliez de plus que cinq mille Ave, sainte Marie... sauf votre respect, vous, avant d'avoir votre fils Jésus-Christ notre Seigneur, a-t-il fallu que vous disiez des prières à en devenir folle?... Pourquoi vous m'écoutez jamais, bonne Sainte Vierge, quand je vous demande des faveurs?...*

❏

*«Encore deux jours au lit. Nourriture protéinée, gros lait en quantité. Impossibilité absolue de retomber enceinte madame Gagnon. Désolé.»*

*Le verdict du docteur tombe comme un couperet. Maria écoute, renfrognée, tête penchée, l'œil mauvais, tripotant un coin de la catalogne. Elle ne peut même plus regarder Eutrope dans les yeux. Encore moins ce juge impitoyable qui lui annonce la sentence de toute une vie sans maternité.*

*«On dirait que c'est toujours des hommes que viennent les mauvaises nouvelles», songe Maria.*

❏

— *Non, Eutrope, pas de petit cercueil! Je t'ai dit que je m'en occuperais de notre bébé mort!*

— *Ben voyons ma femme, y mérite un enterrement comme du monde ce p'tit-là, même si y'a pas été baptisé...*

— *Je vas y'en faire un, laisse-moi m'en occuper... c'est moi la mère manquée, chus capable de voir à l'enterrement de mon enfant manqué. Toute seule.*

*Maria, poings sur les hanches, les yeux noyés de larmes, butée, courroucée, défie Eutrope Gagnon qui lève les bras au ciel dans un geste d'abdication, puis s'en retourne à ses clôtures brisées, hochant la tête, désarmé.*

*Dehors, des vents terribles charrient la pluie violente de mai. La mince couche de neige qui s'entêtait encore quelques jours plus tôt a fini par disparaître. Les bâtiments ont gémi toute la nuit. Un ciel de plomb écrase le paysage. La terre se dégèle; de ses multiples bouches s'échappe la mauvaise haleine d'un matin trop long à venir. Les arbres se dégourdissent les membres, leurs articulations craquant de partout.*

*À la brunante, dans la clairière de terre fraîche, la grande Jeannoise avance, droite, d'un pas décidé, serrant contre sa poitrine un paquet enveloppé de linges noirs. Cheveux collés dans la figure, jupes au vent, un long châle négligemment jeté sur ses épaules carrées, Maria Gagnon progresse, somnambule indifférente à la morsure du froid, aux gifles de la pluie charroyée par le vent, indifférente au pouls du monde.*

*Au milieu du champ désert, hypnotisée, elle s'arrête, s'agenouille, dépose son précieux bagage et commence, dans de larges gestes circulaires à gratter la terre à grands coups d'ongles, ramenant vers sa poitrine le terreau dégagé. Le rythme de sa respiration s'accélère en même temps que son creusage forcené. Ses griffes fouillent le terreau comme si elles pouvaient en extirper quelque mal inguérissable. Elle halète de fureur. Une révolte gronde en elle, couvrant le ton-*

nerre des grandes chutes et la débâcle insensée de toutes les glaces du monde. Elle exècre l'univers frigide qui n'a pas su accueillir ses petits François.

Maria s'arrête de racler, prend son enfant mort, le baise délicatement de ses lèvres frémissantes de colère, et le dépose doucement dans le trou noir, qu'elle s'empresse de remplir, comme un malfaiteur pressé de camoufler quelque butin volé, égalisant de ses mains tremblantes le sol meuble.

Nez contre terre, le front appuyé contre la grossière sépulture, Maria se tient le ventre à deux mains. Dans la pénombre, son corps robuste, jupes et châle emmêlés dans la boue, se confond avec les monticules de terreau qui l'entourent. Épuisée par huit longues années d'espoirs vains, elle s'effondre en sanglots déchirants. Elle étend les bras et se met à marteler la terre de la paume des mains, au rythme de ses hoquets rageurs. Tout à coup, brusquement, elle cesse de gémir. Lentement, très lentement, elle redresse son buste altier, relève son visage maculé d'une fange où se mêlent terre, pleurs et pluie, et, dirigeant un regard ténébreux vers le ciel muré, le bras droit en l'air, Maria Gagnon, à la face de la divinité insensible, brandit un poing de non-retour:

JE VOUS LE PARDONNERAI JAMAIS, BONNE SAINTE VIERGE!!!

# CHAPITRE III

# 1972

Zazie, renfrognée dans sa chaise berçante, se ronge les ongles avec passion.

— T'es mieux d'arrêter ça, ma Zazie, ou bedon tu vas te rendre au coude…

— Au coude mon cul, rétorque l'adolescente hyper-nerveuse.

— Hon… on parle pas de même à sa Maria préférée… Qu'est-ce que je pourrais ben de raconter pour te faire rire là…

— Mautadit, Maria, ça fait dix ans que je l'ai pas vu le bonhomme… c'est pas évident… pis elle, son *népouse*, pas sûre que ça va marcher avec moi… y paraît qu'à se farde du matin au soir pis qu'à fait des crises d'hystérie quand y' a pus de chocolatines à boulangerie du coin… pas évident, Maria…

— Prends donc ça du bon côté ma Zazie… dans le fond, t'es ben contente de le revoir ton pére dis pas le contraire… pis Montréal, ma fille, y'a de quoi à faire là… La Ronde pis toute la ôlchibang… tu vas voir que deux mois c'est vite passé… pis oublie pas que c'est pour accommoder ta mère, aussi, que tu vas rester à Montréal cet été… ça fait tellement longtemps qu'à en rêve de son voyage dans les Europes…

— Ouain…

— Viens donc par icitte, ta Maria va te bercer dans sa chaise King, comme dans le bon vieux temps… pis je vas te raconter comment mon mari Eutrope Gagnon s'est envolé au

65

paradis un de ces soirs de septembre de 1922... à moins que tu préfères que je te raconte mon arrivée à Montréal...

Zazie quitte sa chaise pour aller se blottir contre l'immense poitrine de Maria dans la chaise extra-large déjà surpeuplée. Le vieux parquet du 7 Sainte-Famille, gêné par le déséquilibre de ce transfert de poids, rétorque en craquant. Les longues jambes maigres de Zazie se balancent dans l'air.

— J'veux que tu me racontes comment ton mari est mort... tu me l'as jamais conté ça... c'tu drôle?

— Ben, heu... oui et non... la mort de kekeun c'est jamais drôle ma Zazie, sauf que là... on pourrait dire que mon époux monsieur Gagnon est décédé d'une façon tout à fait folklorique... heuh... là j'en ris parce que ça fait déjà cinquante ans, mais disons qu'au moment où c'est arrivé, c'était plutôt dramatique... entéka... veux-tu la savoir, l'histoire?

— Oh oui... ça va peut-être me calmer les nerfs pour demain.

— À quelle heure qu'y vient te charcher le grand tarla de businessman?

— À quatre heures, pis j'ai peur... tout d'un coup qu'y m'aime pas la face... c'est lui qui a insisté pour m'avoir pendant l'absence de moman, ça y manque, qu'y dit, les enfants... y paraît que l'épouse checkée à quatre épingles à veut rien savoir de partir en famille, pis moman à dit que lui, y fait un trip de paternité sus le tard de ce temps-là.

— Dis-toé ben que, quoi qu'il advienne, y t'auront pas vivante, ma Zazie... Ça fait que... écoute ben ça... Un soir de septembre qu'Eutrope était particulièrement fatiké...

## 3 septembre 1922

À six heures, Maria sort sur le seuil et annonce par un long cri que le souper est prêt.

— Eutrope, amène-toé, le bouilli est sarvi!

L'homme se redresse lentement parmi les bûches coupées, épongeant de sa manche de chemise son front symétriquement labouré par un vécu monotone, et dépose nonchalamment sa hache près de la corde presque terminée.

Le bouilli fume dans les assiettes. Un irrésistible parfum de tarte aux bleuets s'échappe du massif poêle en fonte.

— Ah ben!, ma femme... là tu me fais plaisir: de la tarte aux bleuets... moé qui me ferais mourir pour en manger; est donc fine, c'te Maria-là, han Alma-Rose? Clin d'œil complice des deux sœurs: c'est Alma-Rose qui est allée cueillir les derniers bleuets offerts par les généreux fourrés du lac Saint-Jean, alors que Maria s'est occupée de la pâte.

Le trio s'attable sans hâte, abêti par quinze heures de travaux fastidieux. Maria a déjà tout placé sur la table. Elle déteste servir son homme comme une esclave pendant que celui-ci mange et s'est bien assurée de ce que sa petite sœur, plus tard, retiendra la leçon. Les deux jeunes femmes prennent donc chaque repas avec l'habitant, non pas que sa conversation présente quelque intérêt pour elles, loin de là, mais pour l'humble plaisir de se nourrir d'égal à égal avec l'homme de la maison. Maria a trop souvent vu sa mère Laura Chapdelaine manger son lard séché et ses patates froides sur le coin de la table, l'air de déranger, après que les hommes se furent nourris. Eutrope accepte cette façon de *faire sans regimber. De toute façon, mieux vaut être trois autour de cette longue table sans enfants.*

*Quand la viande, les légumes, le pain et le gros lait sont disparus, Maria étend le bras pour saisir la ventripotente tarte aux bleuets encore chaude qui attend sur le coin de la table depuis un quart d'heure.*

*— Je t'en donnerai pas trop Eutrope, est encore pas mal chaude; si tu vas te coucher drette après le souper comme à l'accoutumée, tu vas avoir de la misère à digérer pis tes cauchemars vont te prendre.*

*— Ah!, ma femme, laisse donc faire les cérémonies... ça doit ben faire une bonne demi-heure que la tarte est là à refroidir... sers-moé-z-en une bonne pointe, ma Maria: tu sais comment j'aime ça...*

*Maria, en jetant un coup d'œil inquiet à Alma-Rose, obéit à son mari, non par esprit de soumission, mais parce que la tarte aux bleuets, tout bien considéré, est le seul péché mignon que son Eutrope dépareillé puisse se reprocher dans cette vie où l'extravagance n'a point sa place.*

*Une fumée avide de liberté s'échappe de la pâtisserie aussitôt que Maria y plonge le couteau. Elle en sert un généreux quart à son époux, dont les yeux flamboient d'appétence. Il n'attend pas que les bleuets se soient refroidis, fend la croûte d'une fourchette énergique et enfourne une première bouchée, bouillante. Il pleure des yeux, sa langue martyrisée crie au feu. Puis, deuxième énorme bouchée, puis troisième, jusqu'à ce que disparaisse la pantagruélique portion servie par Maria. Alma-Rose ne peut réprimer un rire joyeux en voyant son beau-frère attaquer la tarte avec autant de voracité.*

*— Prends ça aisé mon mari, tu vas mal dormir!*

*Eutrope Gagnon, le visage épanoui, tend son assiette à l'épouse bonne-à-marier dans un irrésistible sourire lapis-lazuli. Il a du jus de bleuets jusque dans les narines.*

*— Coudon, mon mari, moi c'est pour ton bien ce que j'en dis... c'est traître les bleuets...*

— *Est-tu refroidie à ton goût la tarte, Maria? éclate de rire le mari ivre de bleuetterie. Envoye donc encore un petit quart: après ça je renonce à Satan pis à ses pompes, c'est promis!*

*Pour la première fois en douze ans de mariage, Maria trouve son mari franchement drôle, et ne serait-ce que pour la façon gaillarde dont il vient de solliciter un deuxième morceau de tarte, elle regarnit son assiette, égayée.*

— *Viens pas te plaindre c'te nuitte, toé mon snoreau...*

*Première connivence. Premier rapprochement réel. Et toutes ces années à s'ennuyer ferme...*

*«Coudon, ça serait-tu que j'aurais marié un homme drôle dans le fond?» s'interroge Maria en ramassant la vaisselle sale. Et, pendant que les deux femmes ont le dos tourné, Eutrope Gagnon se ressert un généreux morceau de tarte, l'engouffre sans trop mastiquer, avant que l'une d'elles ne découvre sa gloutonnerie.*

*Onze heures du soir. Eutrope se tourne et se retourne sur la paillasse, assailli par des rêves insoutenables, l'estomac chaviré, nauséeux, bouillant de fièvre. Un poing léger pousse Maria dans le flanc.*

— *Maria, réveille-toi, Maria, j'ai mal au cœur pas ordinaire...*

— *Han?... répond Maria depuis les brumes du sommeil.*

— *Maria, je pense que je vas régurgiter... Maria je me suis jamais senti mal de même.*

— *T'as trop mangé de tarte aux bleuets aussi, mon pauvre Eutrope... je vas aller te charcher le pot de chambre toujours.*

— *Maria j'ai chaud pis j'ai frette, chus mal Maria comme je l'ai jamais été; le bon Dieu me punit pas pour rire...*

— *Crains pas mon mari, mets-toi les doigts dans le fond de la gorge, le méchant va sortir.*

*Maria approche le pot de faïence sous la tête d'Eutrope Gagnon qui, vert d'indigestion, s'efforce de rendre ses excès. Soudain, c'est la crise. Quelques bleuets se coincent dans le pharynx contracté par le traumatisme indigestif. Eutrope Gagnon s'élance dans un spasme ultime, puis commence de s'étouffer. Maria Gagnon entreprend de lui administrer de grandes claques dans le dos, pour «faire sortir le méchant». Mais en vain. Elle s'affole, crie au secours, fouille dans le tiroir de la commode à la recherche de quelque médicament qu'elle sait pertinemment ne pas avoir en sa possession; elle s'arrache les cheveux, se précipite à la fenêtre, qu'elle brutalise dans un geste d'ultime recours, glapit, trépigne, geint, implore.*

*Alma-Rose arrive dans l'embrasure, ne comprenant rien aux jérémiades de sa sœur.*

*— Maria, qu'est-ce qui va pas? Es-tu malade?*

*Puis, l'adolescente aperçoit son beau-frère contorsionné, pourpre, asphyxié.*

*— Je vas atteler, Maria! Attends-moi ben, Eutrope. Bouge pas!*

*Atteler... Maria secoue la tête devant le ridicule de la proposition d'Alma-Rose. Pauvre toi, atteler, on a le temps de mourir cent fois avant de voir le bout du nez d'un docteur dans c'te maudit bois pourri. Mais, avant même qu'elle essaie de dissuader Alma-Rose de son initiative, la petite sœur a dévalé l'escalier, est parvenue, déjà, aux bâtiments.*

*Après quelques minutes d'efforts désespérés pour trouver de l'air, Eutrope Gagnon s'écroule, sans vie.*

*Maria, hystérique, le secoue: «Eutrope, réveille-toi, c'est un mauvais rêve, Eutrope, tu peux pas t'en aller comme ça, voyons donc Eutrope, t'en as vu d'autres, c'est pas kek bleuets qui vont t'avoir... Eutrope lâche-moi pas, y'a presque pus parsonne avec moi dans c'te maudite vie... Eutrope!!!»*

*La Jeannoise fond en larmes, s'écroule sur les genoux au chevet de son mari, puis relève la tête, se met à caresser doucement ses cheveux.*

*Bon yeu de vain-yenne, c'est de ma faute aussi... je t'aimais pas assez, Eutrope Gagnon, toi qui as toujours été si bon pour moi. J'ai même pas été capab' de te donner un enfant... Tu m'as jamais rien faite, mais je t'aimais pas assez, mon pauvre mari, pour que tu trouves le courage de vieillir avec moi...*

70

## Journal à François Paradis

*6 novembre 1922*

Mon grand François, mon pauvre amour enseveli,

Moi aussi, je me sens ensevelie (un beau mot, ça, hein, enseveli? on sent comme des flocons qui nous tombent dessus en le disant). Le mois de novembre est vraiment riche de signification cette année.

Je suis veuve, mon François. Eh oui, ça semble incroyable. Mon mari Eutrope Gagnon m'a quittée il y a deux mois. Deux mois déjà que je ne t'ai pas écrit...

Je ne peux même pas te dire que je suis triste. C'est terrifiant, François Paradis, d'enterrer son mari les yeux secs. Pendant des jours j'ai attendu les larmes, en vain. Où est passé mon cœur? Ce sont mes petits enfants morts, peut-être, qui en ont apporté un morceau avec eux dans la terre, jusqu'à ce qu'il n'en reste plus une miette... Alors comment se fait-il que je t'aime encore autant, sinon plus qu'avant?

Je ne m'appelle plus *Gagnon,* mon tendre péché, mais *Chapdelaine,* de nouveau, et un jour qui sait *Paradis,* quand nous nous retrouverons. En attendant, je me marie avec toi, cher aimé, chaque fois que je t'écris dans mes petits carnets: un

71

mariage d'encre, de tendres mots et de papier ligné, avant la vraie cérémonie. Le ciel continue de me punir. Peut-être parce que je manque la messe très souvent; peut-être parce que je jure davantage. Le bon Dieu se détourne de moi depuis que j'ai renoncé à prier sa mère, il m'abandonne et moi aussi, je l'abandonne, tranquillement. Nous divorçons. Terrible, n'est-ce pas?

On dirait que tout le monde s'est entendu pour s'éloigner de moi, marchant dans les traces du bon Dieu. C'est toujours mon gros péché sur le cœur, mon inavouable amour François Paradis qui me revient à la figure comme une gifle, par la main de la mort.

Le pays est déjà tout blanc et les rafales ont commencé à nous harceler. Je ne veux pas passer un autre hiver sur cette terre, à me battre contre les tempêtes. Jamais je ne saurai prendre soin des animaux, de la terre et des bâtiments toute seule. Égide Gagnon le frère d'Eutrope, qui partageait la terre avec nous, est intéressé à acheter ma part. Il vient de se marier, finalement. Une belle créature de La Pipe, Louisa Larouche, qui m'a l'air bâtie pour mettre vingt-deux enfants au monde dans les quinze prochaines années. J'espère qu'il sera plus heureux que son pauvre frère, Égide.

Je pense que je vais m'en aller en ville, mon grand nomade entêté. Depuis le temps que j'en rêve. On s'ennuie tellement ici, surtout maintenant qu'il n'y a plus personne autour. Je n'ai pas le courage d'attendre que les enfants de Louisa Larouche viennent ensoleiller mes longues journées de veuvage.

Montréal, ça c'est une belle ville. J'ai vu des photos dans un livre que mademoiselle Cloutier, mon troisième professeur de français par correspondance, m'avait prêté un jour.

En parlant de français, mon bel amour, je pense que je me débrouille plutôt bien maintenant. C'est fini, les vilaines fautes d'orthographe et de grammaire. Ça m'aura pris une dizaine d'années en tout, pour arriver à écrire dans notre belle langue correctement. Je dirais même que j'ai acquis un vocabulaire pas piqué des vers. Mon Dieu que ça valait la peine! Maintenant, mon beau grand téméraire, je vais pouvoir te dire mes sentiments avec un réel bonheur d'expression. Notre amour mérite les belles tournures de phrases que notre langue française peut offrir.

Bientôt, quand j'aurai réglé la succession d'Eutrope, je vais partir pour Montréal, mon grand François. Ne t'en fais pas, je t'emmènerai avec moi partout où j'irai, tu le sais bien. La place est libre, maintenant, à côté de moi. Jamais un autre homme que toi ne la comblera. Nous pouvons nous marier, quand tu voudras.

Je t'aimerai jusque dans ton blanc nulle part François Paradis.

— Un appel de Za… heuh… Zazie Pouliot, acceptez-vous les frais?

— Ben quain…

— Maria?…

À l'autre bout, une voix timide, chevrotante, articule péniblement le prénom tant aimé. Puis des reniflements quasi imperceptibles font entendre un incertain bruit de friture dans l'appareil.

— Zazie? Ousketé-kess-tufais-kes-kiss-passe?

— Maria… viens me charcher. O.K.?

— Qu'est-ce qu'y'a ma belle? Y'a-tu quelqu'un qui t'a fait de la peine? T'aimes pas ça, Montréal? T'as jusse un mois de faite, ma Zazie. Pourquoi tu m'as pas écrit? Skilé le grand tarla de popa occasionnel? Y prend-tu soin de toé? Pis la poudrée? À joue pas à Aurore avec toé toujours? Tu peux toute me dire, Zazie, au yâbe les dépenses, ça coûtera ce que ça coûtera pis tant mieux pour les crosseurs de Bell Canada.

Zazie soupire, chuinte, marmonne, bafouille, pas habituée à raconter ses misères à Maria dans un fichu cornet de plastique noir sans visage. Après maints encouragements de son interlocutrice, elle se décide enfin à déballer tout d'une traite l'histoire du séjour chez papa estival, lardant son récit de mille hoquets, reniflements et petits sanglots.

— La greluche Sylvianne qu'à s'appelle à m'a grayée de linge cher de bonne femme du linge que je porterais même pas pour peinturer à dit que chus presque une dâme pis qu'y est temps que j'apprenne à m'habiller une dame mon cul pis à me traîne dans des restaurants iousque je sais jamais quelle fourchette prendre pis je prends toujours la mauvaise à veut faire de moi une demoiselle demoiselle mon cul à dit que ma mère a manqué mon éducation sexuelle pis à me fait relire les vieilleries de Jeannette Bertrand que j'ai toutes lues quand j'avais sept ans pis à me barbouille la face de fond de teint pis à m'a faite martyriser par une fille super-maquillée qui puait le parfum pis qui m'a arraché les sourcils un par un pis le pire Maria c'est qu'à m'a quasiment dit que j'étais folle parce que je dis souvent *mon cul* ça fait quatre fois qu'à m'emmène chez son *shrink* comme à l'appelle un docteur pour la tête qui a mauvaise haleine pis qui me fait coucher sur son divan qui pue la sueur pour me demander pendant une heure de temps si je me rappelle de ce que j'ai vu quand j'étais dans le ventre de ma mére sacrement sasse-peut-tu Maria j'en peux pus de son chrinque pis chus pas folle astination le docteur de suce y'a dit à la poudrée que je souffrais d'une *phase anale tenace* ça fait que j'y ai dit «phase anale mon cul» pis là y'a souri comme un débile en disant *vous voyez bian qu'est-ceuh queuh jeuh vous disais* pis ça a coûté deux cent cinquante piasses à mon pére sors moé d'icitte Maria mes ongles respirent pus parce qu'à m'a mis cinq couches de Cutex c'est gros Montréal c'est plein de monde lette pis vert pis déprimé j'étouffe je vas coucher sus ton plancher de cuisine pendant le mois qui me reste pis je vas manger du beurre de pinottes toué jours ça me fait rien VIENS ME CHARCHER MARIAH-AH-AH-AH!!!

On entend un grand bruit de ruade. Un long gémissement. Zazie donne des coups de pied sur les murs de la cabine télé-phonique, de rage, de frustration, de déception.

— Pis c'est pas toute, ça, Maria Chapdelaine...

— Quoi, donc, ma Zazie?

Maria n'entend plus un son. À l'autre bout, Zazie, quasi suffoquée par les émotions, prend une longue inspiration, puis elle hurle:

— JE SAIGNE DU NEZ DANS MES CULOTTES!!!

Sanglots. Hoquets. Toux. Reniflements. Sanglots. Hoquets. Toux. Sanglots. Hoquets. Sanglots.

— Bon. Calme-toi ma Zazie. Ta Maria te lâchera pas comme ça. Ouske t'es, pis skilé ton pére, là?

— Me sus sauvée. Chus dans une cabine téléphonique, kek part sur une grosse rue large pis qui finit pus De Maisonneuve qu'à s'appelle pis au coin c'est une autre grosse rue pleine de monde qui se cogne en marchant la rue Saint-Hubert. Mon pére je l'ai vu deux fois depuis un mois. Quand y m'a vu la face, sa crise de paternité à retardement y'a passé raide. Y m'a *confiée aux bons soins de sa compagne,* comme y'a dit. Monsieur le prospère est parti en voyage d'affaires depuis trois semaines. Sasse-peut-tu Maria, trois semaines! Chus-tu si lette pis si pas vivabe que ça? Y m'a dompée après un tit après-midi à la Ronde... Pourquoi que mon pére m'aime pas, Maria? Chus fine quand je veux, pis chus pas folle Maria?...

Zazie pleure à chaudes larmes dans le combiné. Elle renifle bruyamment, se mouche avec sa manche de *sweat-shirt,* geint. Maria a le cœur en bouillie. Le télépathique Bovary lui pousse délicatement le mollet gauche de sa truffe humide. «Enwouèye Maria niaise pas va la charcher.» Didi et Gogo s'époumonent dans leur cage «vas-y!vas-y!vas-y! skilé Godot! skilé Godot! vas-y!vas-y!vas-y!»; Cosette, Marius et Gavroche râclent leur bol comme des déchaînés «on veut y aller nus-autres aussi! on veut y aller nus-autres aussi!» Dans l'aquarium, les Bobby Watson frétillent de la queue, se consultant, se cotisant afin d'offrir à Maria un bisou MOUIK géant pour le voyage.

— Va-t'en au terminus Voyageur t'es pas loin demande ton chemin ça se fait à pied. Reste là pis attends-moé y t'auront pas vivante Zazie. J'arrive!

❏

Dans la touffeur de l'autobus Montréal-Québec, assises dans leur fauteuil imprégné d'effluves *nicotineux,* Maria et Zazie tête contre tête, regardent défiler par la fenêtre empoussiérée les rares bâtiments, garages et autres constructions plates et hideuses bordant le monotone ruban gris de la 20. Zazie a les yeux bouffis de larmes séchées. Maria s'évente avec une vieille revue trouvée sur son siège en pénétrant dans l'étouffant véhicule.

— On l'appellera en arrivant pour qu'à mette pas la police après toi, O.K.?

— Mmmm.

— Veux-tu ben me dire qui c'est qui est tombé dans sa bouteille de parfum icitte? C'est écœurant, je pense que je vas changer de place... maudit qu'y en a donc qui pensent pas aux autres, han Zazie? lance Maria, assez fort pour que la coupable entende. Je vas écrire une lettre au Voyageur salsifisse, les droits des non-parfumés, ça existe. Pis si ça existe pas disons que je viens de les inventer.

Maria laboure amicalement les maigres côtes de sa compagne pour la tirer de son humeur chagrine. Sur le siège d'en avant, une quadragénaire tirée à douze épingles s'étire le cou vers la plaignante; message reçu. Maria ricane, s'enlise dans une quinte de toux en s'allumant une Mark Ten pour dissiper le parfum assommant. Re-cou étiré dc la quadra offensée.

— On ne fume pas ici, Mâdâme.

— C'est la rangée six, Muadame. Pis six, ça vient après cinq. VOUS, vous pouvez pas fumer (Dieu merci, avec c'te parfum-là, ça sentirait la guidoune calcinée icitte-dans...), mais mouâ si.

La quadra s'étire le cou dans l'autre sens, décode le chiffre inscrit près de la fenêtre hermétique, puis se recale dans son siège en murmurant quelque insulte sophistiquée, en mauvaise perdante.

Zazie a suivi cet échange de mots d'amour sans intervenir. Elle doit être vraiment sonnée, la Zazie. À la hauteur de Saint-Hyacinthe, elle lève vers Maria un visage affligé, paupières lourdes et points d'interrogation dans les iris. Sa menotte osseuse cherche à tâtons la paluche non fumeuse de sa protectrice. Maria se tourne vers elle au contact de la petite main fiévreuse.

— Maria?...

— Mmmm?

— C'est pas vrai que chus folle, han?... risque Zazie d'une voix broyée par le chagrin.

— Zazie que je te repogne pus jamais à dire ni même à penser ça. Y savent pas ce que c'est, la folie, les engins qui t'ont gardée pendant un mois. Plus saine dans tête que toi, ça se voit rarement, ma fille. Oublie jamais ça, pis dis-toi ben qu'y t'auront pas vivante à te faire passer pour folle, alors que c'est eux autres les siphonnés. Ça fait mal. Ça fait mal pour vrai, la folie, pis c'est pas à coups de *mon cul* que ça se manifeste, la vraie folie, ma Zazie. Fais-moi plaisir, oublie tout ça. Parle pus jamais de folie devant moé, ma Zazie.

Journal à François Paradis

*25 avril 1923*

Mon grand endormi pour l'éternité,

Tout d'abord: je t'aime.

Eh oui, je suis encore ici, entre le bois menaçant et les champs qui ramollissent leurs chairs sous les rayons du soleil, tranquillement. Esdras et sa femme Adrienne nous ont convaincues, Alma-Rose et moi, de venir rester sur la terre avec eux, un autre hiver, le temps de régler nos affaires. Avec Adrienne qui est finalement partie pour la famille (son premier, depuis cinq ans qu'elle essayait de tomber enceinte), ça fera de l'aide supplémentaire pour le barda. Elle a quatre mois de faits. Je lorgne avec envie et dépit le ventre de ma belle-sœur qui évolue à chaque jour. Dieu récompense les femmes qui n'aiment qu'un seul homme et qui l'aiment comme il faut, je suppose...

Télesphore nous cause beaucoup de soucis. Il agit de plus en plus bizarrement en vieillissant. C'est un homme, maintenant, avec ses vingt et un ans, mais on dirait qu'il refuse de quitter l'enfance. Il ne fournit guère d'aide à Esdras et à Da'Bé, qui vont devoir s'échiner à faire fructifier la terre sans lui, je crois bien.

En plein réveillon, à Noël passé, notre Télesphore s'est mis à remplir ses poches de ragoût en
riant d'un drôle de rire... mais pas du rire de
quelqu'un qui blague. Il criait *c'est le démon des
Fêtes qui m'a tenté!* Il y a un mois, Esdras l'a surpris
en train d'essayer de faire un enfant à une pauvre
brebis. De plus en plus souvent, il nous fait des crises de larmes, il devient tout chaud, son visage tout
en sueur, il crie à tue-tête que les démons veulent
l'emmener avec eux, se débat, bave, rue et parfois
déchire ses vêtements. Le docteur a dit que ce
n'était pas le grand mal, mais qu'il ne savait pas
trop de quel mal mon petit frère souffrait. Télesphore peut rester des jours entiers sans parler, sans
bouger, en fixant un point quelconque de la maison
avec toute la tristesse du monde dans les yeux.
Impossible de l'intéresser à quoi que ce soit dans
ces moments-là, ou de le tirer de sa torpeur. Puis, il
part à pleurer, des sanglots à fendre l'âme. Qu'est-
ce qu'on peut faire pour l'aider? C'est si mystérieux
la tête d'un autre... si on pouvait entrer dedans pour
voir quel mal lui grignote le cerveau.

Il refuse parfois de se laver, de se peigner, de
changer de vêtements pendant des semaines. Imagine-toi, mon beau François, un grand bonhomme
de vingt et un ans tout maigre, dégingandé, qui
refuse obstinément toute hygiène pendant aussi
longtemps... Il fait pitié à voir. La nuit, il suce son
pouce et au matin, il n'est pas rare qu'on le retrouve
dans un lit souillé d'urine.

Le docteur vient le voir de temps à autre. Cette
semaine, après sa visite, il a parlé d'*aggravation,* de
*solution plus draconienne.* Vont-ils l'enfermer, mon
Dieu, pauvre enfant qui refuse de grandir! Le docteur dit qu'il y a à Montréal un grand hôpital spécialisé pour les malades du genre de Télesphore. Saint-

Jean-de-Dieu, ou quelque chose comme ça. Il dit qu'il ne faudrait peut-être pas attendre que Télesphore pose un geste *irréparable*. Esdras et Da'Bé sont tout démontés. Notre petit frère, un dément...

Pourquoi le destin s'acharne-t-il sur la famille Chapdelaine depuis quelques années? Tant de disparitions. Tant de misère à assurer la postérité de Samuel et Laura Chapdelaine...

Mon grand François, juste de penser à toi, à tes beaux yeux pleins de hardiesse, à ta peau cuite à l'air et au soleil, à tes hautes bottes sauvages qui ont si gaiement parcouru les bois de notre pays, j'arrive à oublier tous les malheurs qui s'abattent sur nous. Tu es mon espoir de vie, ma fenêtre ouverte, mon avenir souriant. Ah!, t'écrire, jusqu'à ce que je meure, et puis aller te rejoindre, pour continuer la vie dans tes bras d'homme aimé.

Les hommes, ici, font de la terre. Toi, François Paradis, tu fais de la vie.

Journal à François Paradis

*18 mai 1923*

Mon bel amour couché trop tôt par la mort,

Quelle épouvantable maladie que la folie. Le docteur avait bien raison de se méfier d'un éventuel geste irréparable de notre Télesphore. Hier matin, en allant faire le trait, Da'Bé l'a trouvé, pendu à une poutre de l'étable. Il se balançait là, au bout de sa corde, quasiment nu, le tuyau de castor de papa enfoncé sur la tête et un vieux tablier de maman attaché autour de la taille. Son visage était barbouillé de sang de cochon, comme les saltimbanques qu'on voit parfois sur des images de fêtes foraines. Des traînées de larmes séchées rayaient son visage enfantin, comme deux longs reproches à la vie. Da'Bé a reçu tout un choc, de quoi achever de le convaincre de partir, lui qui parlait de quitter la terre depuis déjà deux ou trois ans.

Le docteur est venu pour constater le décès. Le curé Tremblay a refusé d'accorder une sépulture chrétienne à Télesphore parce qu'il s'est suicidé et que le suicide est un péché mortel qui garantit une entrée en enfer. Nous avons fait un enterrement à Télesphore sans la participation du curé. Nous l'avons accompagné aux portes de l'au-delà avec tout l'amour que nous pouvions lui prodiguer. Ça vaut sans doute mieux qu'une litanie de mots vides.

Le lendemain de ces funérailles païennes, Da'Bé nous a annoncé son départ: il va quitter la terre pour aller tenter sa chance aux États-Unis. Le défrichage ne lui dit plus rien. Lui aussi, il a le cœur chargé de toutes les disparitions qui nous affligent depuis quelques temps. Télesphore, c'était son préféré à Da'Bé. Il s'en ira donc dès demain, avec en poche l'argent gagné au chantier l'hiver passé, et l'adresse de Lorenzo Surprenant qui, paraît-il, fait des affaires d'or aux États. Un autre Chapdelaine de parti. Alma-Rose et moi, je pense, nous suivrons bientôt.

Ah!, mon François, ça me fait tellement peur, la folie. Qu'est-ce qui nous dit que nous ne sommes pas fous, nous qui laissons le ragoût dans les assiettes juste parce qu'on nous dit, depuis toujours, que le ragoût se mange dans les assiettes; nous qui alimentons nos rires de blagues grossières en veillant nos morts, qui nous accrochons aux rebords de la vie sans trop savoir où s'en va le bateau? Qui sait à quel moment la folie peut décider d'emmener l'un de nous dans ses effrayants souterrains?

Toujours est-il que les démons ont eu raison de Télesphore mon petit frère, comme il l'avait prédit toute sa vie...

Toi, François Paradis mon amour éternel, tu es ma seule folie et je t'aimerai jusque dans la démence totale.

À travers la porte du sophistiqué cabinet de toilette, Zazie interroge Maria.

— Ça va-tu partir ce sang-là, Maria?

— Je pense ben oui. Si tu laisses tes bobettes tremper dans l'eau froide toute la nuit. Une chance qu'y t'en restait des propres pis que t'as eu la bonne idée de partir en emportant ton pack-sac, han ma Zazie?

— Ouain. J'ai choisi mon moment pour devenir *jeune fille,* han Maria? Comme si y faisait pas assez chaud y faut encore que je mette du calfeutrage dans mes tites culottes... Ô la joie d'être femme! Pis je te dérange en plusse. Pauv' Maria, y faut que tu sortes de ton appartement pour changer d'idée pis v'là qui t'arrive *de la belle visite* pour coucher. Je veux ben croire que c'est la saison du camping mais y'a toujours ben des limites... Si mon cher popa avait été fin pour deux cennes aussi... Maria j'ai mal au ventre comme sass peut pus. On dirait que j'ai tout le bas du corps qui veut tomber sans connaissance. C'est-y normal ça?

— Oh! oui ma pauvre petite, pis t'en as encore pour un bon quarante ans à te tenir le ventre à tous les mois... Je pense que j'ai des vieilles *Midol* quelque part, attends une minute. Pis pour ce qui est du *camping*, fais-toi-z-en pas, ma Zazie, on va s'arranger. Un mois c'est pas la fin du monde. Tu vas dormir avec moé dans mon lit jumbo. Je me tasserai pour une fois. Si ta mère avait pas sous-loué à ses tchommes de Montréal, t'aurais pu t'installer chez vous en l'attendant mais kess tu veux, Mariette grapigne du revenu ousk'à peut. Pis Gros-Jean on y pense pas, avec sa petite épouse de vingt ans qui est enceinte jusqu'aux oreilles, pognée dans ses confitures aux fraises. C'est pas le temps de leur envoyer une pensionnaire, han ma Zazie?

Zazie émerge du cabinet de toilettes, pâle, et vient s'asseoir dans l'une des chaises berçantes de la chambre se tenant le ventre, jambes serrées. Malgré la fenêtre grande ouverte, les deux amies ont peine à respirer dans l'étroit logement. Le retour en autobus leur a permis de prendre le frais grâce à la climatisation du véhicule, mais arrivées au terminus de Saint-Roch, une chaleur écrasante les a enveloppées aussitôt le pied posé sur l'asphalte brûlant. Le trajet basse-ville-Vieux-Québec, pénible, a achevé d'épuiser Maria. À quatre-vingt-deux ans, elle a beau encore jouir d'une santé robuste, ses cent soixante-quinze livres se font difficiles à traîner par cette accablante température de juillet. À peine sortie de la douche en tôle, Maria s'est remise à dégouliner de sueur. Elle fait démarrer son ventilateur à hélices en donnant à Zazie les dernières nouvelles du clan.

— Hélène est au boutte du rouleau avec son Sébastien tête-de-cochon pis sa Sophie qui fait encore au litte. Une chance qu'elle vient de se trouver un tchomme fin au moins, elle le mérite tellement d'avoir enfin un tchomme fin. Il l'aide pas mal avec les enfants, ç'a l'air. Notre Tit-Bob Hamelin, lui, y fait un trip de travail sur la construction quatorze heures par jour pour s'ouvrir un commerce de patchouli pis de pipes à hash l'automne prochain avec Jos Binne, son mentor, comme y dit, qui a décidé d'aller tripper dans les Zeuropes lui aussi. Y'était supposé rencontrer ta mère kekpart en Grèce not' Jos Binne. Tiens, je viens de recevoir une carte postale de keuk village bord-de-mer en Espagne. Y dit qu'y a loué une villa avec plage privée genre trente piasses par semaine... ça se peut quasiment pas... Entéka. Une vraie maladie, les Zeuropes. On va toujours ben y aller, toi pis moi, un de ces jours, à Paris. Depuis le temps que je lis des romans qui se passent à Paris. Quand je faisais mon bac en études françaises, mes profs m'ont faite lire tout un paquet de romans du XIX$^e$ siècle. Ça se passait presque toujours là, à Paris. À doit avoir kekchose, c'te ville-là.

— T'es jamais allée en Europe de toute ta vie? se surprend Zazie.

— Ben non, ç'a pas adonné. J'ai jamais pris l'avion, Zazie. J'ai une peur bleue de me retrouver à dix mille pieds dans les airs sans parachute, pognée pour aller là où le gros oiseau de fer veut bien aller, pognée pour piquer du nez avec le gros pit-pit si l'envie y prend d'aller s'effoirer.

Maria regarde, par la fenêtre, la rue Laval qui pâtit sous le soleil cuisant, tranquille, morte de chaleur. Pas une feuille ne bronche. Les toits goudronnés se sont ramollis comme de la réglisse mâchouillée puis recrachée par un enfant dédaigneux. Au-dessus, un ciel bleu délavé, pâli par l'humidité, presque blanc, baille d'ennui.

— Ça doit être beau, par exemple, au-dessus des nuages. Y paraît que c'est comme des grands champs de ouate quand on regarde par le hublot. De la ouate ou de la neige… Ouain ben Zazie?

—Mmm?…

— Va folloir appeler la greluche à Montréal. Y est déjà sept heures: à doit être morte d'inquiétude.

— Ouain… vas-tu y parler?

— *Oh yes ma'am!*

Maria quitte son poste d'observation et s'achemine vers le téléphone en traînant ses pantoufles, Zazie et Bovary sur les talons. Ce seul déplacement l'oblige à éponger ses paumes, ses aisselles, sa nuque ruisselantes. Elle compose les onze chiffres sans se presser.

— P'tite vie qu'y fait chaud… oui?… Madame Sylviane Dubois, s'il vous plaît?

— Elle-mêume à l'apparaîlle.

— Ici Maria Chapdelaine, une *vieille* amie de Zazie Pouliot. Pourriez-vous dire à son cher père que sa *phase anale tenace* est rendue à Québec pis qui y est pas prêt d'y revoir la face siou pla? Merci, bonne soirée, ça m'a fait plaisir de ne pas faire votre connaissance.

Clic.

Zazie regarde Maria, hébétée, une incoercible envie de ricaner lui titillant les amygdales.

— Tu y as pas envoyé dire, han Maria?

— Ben quain... tu pensais tout de même pas que j'allais y demander des nouvelles de la famille, ma Zazie? rétorque Maria en s'épongeant la nuque.

Quelqu'un, accoudé à une fenêtre du Petit Séminaire, pourrait entendre les deux femmes pouffer de rire.

❏

La sonnerie du téléphone retentit en pleine nuit. Zazie sursaute sur le matelas trempé de sueur. Le large dos de Maria n'a pas bougé. Zazie entreprend de se lever pour aller répondre. L'horloge murale indique trois heures vingt. Le long de ses maigres cuisses coule un filet de sang brunâtre. La chaleur l'obligeant à se déplacer péniblement elle aussi malgré son jeune âge, elle décroche nonchalamment, effrayée par l'allure d'hémorragie incontrôlable que prennent ses premières règles.

— Allô?...

— Maria?

— Non c'est Zazie. Gros-Jean-comme-devant? Belle heure pour appeler?...

— Belle heure *mon cul*! Zazie j'ai pas le temps de niaiser passe-moé Maria.

— O.K. les nerfs le feu est-tu pogné à ta grange? Un instant...

Zazie passe dans la chambre à coucher sur la pointe des pieds. Faudrait voir à ne pas réveiller brusquement Maria en déclenchant un charivari chez la faune assoupie. Elle parvient tranquillement au chevet de l'endormie, un doigt sur les lèvres pour imposer le silence à Bovary qui, intrigué par cette agitation nocturne inusitée, ne demande qu'à ameuter ses comparses en laissant échapper un de ces profonds jappements virils, si typiques du basset. Zazie pousse délicatement le flanc dodu de l'octogénaire, brasse un peu plus vigoureusement son épaule charnue devant l'insuccès de sa subtile approche.

— Maria c'est Gros-Jean au téléphone y'a l'air pas mal énarvé. Maria?… Maria réveille-toé, je pense que Gros-Jean a besoin de toi…

— Han? Y'est quelle heure là? Qu'est-ce qu'y me veut, donc?

— Je le sais pas mais y'est sus le gros nerf rare. Va y parler au plus sacrant.

Maria se lève en sueur, hirsute, remorque péniblement son énorme corps brûlant jusqu'au téléphone accroché au mur de la cuisine-salon-boudoir.

— Mmoui? Gros-Jean?… C'est quoi l'idée?

— Maria, astifie de calvette bénie, Luce est en train d'avoir son p'tit, mais elle a pas l'air d'aller fort fort pis j'sais pas quoi faire.

— As-tu appelé le docteur? Y'en a des docteurs à Saint-Pamphile?

— Oui mais Luce veut rien savoir, à veut un accouchement naturel pis la sage-femme sa tchomme est partie en vacances pour un mois pis elle en veut pas d'autre sauf peut-être toi parce qu'à dit que dans ton temps vous vous accouchiez les unes les autres pis que tu dois savoir quoi faire. Maria?… Maria es-tu là?

Complètement réveillée, Maria n'en croit pas ses oreilles, hochant la tête d'incrédulité et de rage contenue. Elle souffle comme un taureau dans le combiné.

— Maria? Es-tu encore là? Aide-moi Maria, Luce en peut pus! Veux-tu que j'aille te charcher? Dis kekchose Maria!

— 'Coute-moé ben, Monsieur Trente-arpents, tu veux jouer au colon pis te péter les bretelles en regardant pousser ton blé d'Inde depuis cinq ans, moi ça me dérange pas mais là, *buddy,* on parle d'une femme qui se tord dans son litte parce que son p'tit veut venir au monde pis qu'à le retient en dedans parce que Madame fait un trip Mère Nature. Tu vas faire ni un ni deux pis tu vas appeler le docteur. On t'aime ben là, mais t'es pas capable d'accoucher ta Luce tu-seul. Les médecins, c'est pas pour les chiens, tapette-à-mouche. Profitez-en, vous en avez à deux minutes d'auto, des médecins!

Dans mon temps tu sauras, on s'accouchait à la va-comme-je-te-pousse parce qu'on pouvait pas faire autrement pis si je me rappelle bien ça faisait pas des enfants forts! Quand t'auras perdu une coupe de tits Gros-Jean miniatures, tu verras quelle belle jambe ça te fait l'accouchement à la maison. Tu sais pas quelle sorte de complication elle a dans le ventre, la Luce! Les accouchements grano, c'est pour les grossesses normales pis pour les bebés normaux! Arrête de niaiser avec ton trip de millet-gros-lait-luzerne pis arrive dans les années soixante-dix!

— Es-tu sérieuse Maria? Luce va être en beau joual vert si à voit un docteur arriver icitte. C'est assez pour qu'à se croise les jambes pendant un autre dix mois... À va me tuer!

— Pis moi, Gros-Jean-La-Botte-de-Foin, je m'en vas te vasectomiser avec mon tit set de manucure rouillé si t'appelles pas le docteur tu-suite, m'entends-tu? Bienvenue dans la modernité!

Pour la deuxième fois en douze heures, le récepteur de plastique noir se fait étamper la muselière chromée dans le bas de la figure.

Maria Chapdelaine se laisse choir dans la première chaise berçante disponible, essoufflée, en proie à des palpitations violentes. Une chaîne sifflante de *sass-peut-tu sass-peut-tu sass-peut-tu* s'échappe de ses lèvres.

Zazie la dévisage, jugulée par l'étonnement.

— Je t'ai rarement vue en maudit de même Maria?...

## Journal à François Paradis

### *10 octobre 1923*

Mon bel amour de neige, merci, ah!, merci d'être là, à mes côtés, chaque fois qu'une nouvelle tristesse m'empoigne le cœur. Comme je t'aime, François Paradis, de m'accueillir avec ton tendre sourire dès que j'ouvre un de mes petits carnets pour venir causer avec toi. Jamais, jamais je ne me sens seule dans ce monde de jour en jour plus désert. Tu es là, toujours, avec ton tendre sourire. Merci d'exister François Paradis. Je viens me blottir dans tes longs bras de soleil, aujourd'hui. Console-moi, mon grand mari enseveli.

Bientôt, j'emmènerai Alma-Rose avec moi à Montréal. C'est une belle grande jeune femme, maintenant, Alma-Rose, et qui veut vivre avant d'aller rejoindre tous les Chapdelaine rappelés par la terre. La grande ville… imagines-tu, mon grand coureur de bois! Comme j'aimerais y aller avec toi, ma lune de miel immortelle.

Da'Bé est parti rejoindre Lorenzo Surprenant aux États. Nous n'avons pas de ses nouvelles. Il est vrai que Da'Bé, pas plus qu'Esdras, ne sait écrire. Si nous entendons parler de lui, ce sera sûrement par la main de Lorenzo.

Égide Gagnon ne pourra me payer ma part de la terre qu'en petits versements semi-annuels. Il tire le diable par la queue, Égide, et ce n'est pas moi qui vais l'étouffer avec les paiements. Et puis… l'idée de toucher l'argent de cette terre ingrate où j'ai tant souffert ne me sourit guère, mon François.

Pour la sixième fois de ma vie, hier, j'ai vu un homme pleurer. Il y avait eu mon père, lorsque ma mère est morte, et puis Eutrope, chaque fois que nous avons perdu un bébé. Hier, c'est Esdras, mon grand frère, qui a sangloté sur mon épaule. C'est trop de misère, François mon grand amour serein, trop de misère. Je suis bien décidée à quitter ce bois meurtrier qui a englouti tant des miens.

François Paradis, j'ai l'impression moi aussi d'avoir assassiné quelqu'un.

## 7 octobre 1923

*La maison paternelle des Chapdelaine, plongée dans l'obscurité, endormie, attend la venue du petit Samuel ou de la petite Laura Chapdelaine, premier enfant d'Esdras Chapdelaine et d'Adrienne Tremblay. Les vents d'octobre n'épargnent guère les vieux os de la charpente frileuse, qui craque de partout.*

*Quatre heures du matin. Un cri de mort déchire le voile brumeux de la torpeur dans laquelle sombrait la famille il y a quelques heures à peine. Dans le lit conjugal, le buste d'Adrienne Chapdelaine se lève brusquement, comme mû par des ressorts. La femme lance autour d'elle des regards fous. Esdras se réveille en sursaut, allume la lampe de chevet, tente de calmer les assauts cauchemardesques de son épouse, le temps de constater que la courtepointe, les couvertures, les draps sont complètement trempés des eaux maternelles. Adrienne Chapdelaine se laisse retomber sur son traversin imbibé de sueur, incapable d'articuler la moindre parole. La bouche sèche, elle respire bruyamment, court après son souffle, se cramponne à son énorme ventre. Et ces yeux, fous de désespoir, fixés sur le mari Esdras. Et ces mains tordues par la douleur. Et ces talons qui n'arrêtent pas de pédaler en cercles, frottant le matelas, comme s'ils voulaient en arracher le drap. Bouge-toi, Esdras, ta Laura veut goûter à l'univers, ses petites mains curieuses écartent le rideau de la fenêtre qui donne sur le monde. Remue-toi, grand frère Chapdelaine, il est en train d'enfoncer les portes de la vie, ton petit Samuel, à grands coups de tête.*

*Pendant que le mari est parti chercher le docteur, Maria et Alma-Rose, de chaque côté du lit d'Adrienne, réconfortent*

92

du mieux qu'elles le peuvent la future mère qui hurle de douleur, sommant tous les saints du ciel de voler à son secours.

— Prends des grandes respirations, Adrienne, le docteur s'en vient.

— Maria j'en peux pus!... je vas mourir c'est certain... aide-moi Maria, mon p'tit attendra jamais le docteur ça prend trop de temps...

Maria écarte les jambes de sa belle-sœur pour voir où en est le travail. Elle aperçoit un petit crâne qui pousse contre les lèvres enflées d'Adrienne Chapdelaine. Elle tire Alma-Rose à l'écart.

— Mon Dieu Alma-Rose va me chercher une bassine d'eau pis des linges en masse, ce p'tit-là s'en vient, on n'aura pas le choix de l'accueillir sans le docteur.

— T'es sûre qu'on devrait pas attendre, Maria? Me semble qu'à souffre ben trop Adrienne... tout d'un coup qu'on fait pas ce qui faut... on n'a jamais accouché personne, Maria.

— Je le sais ben ma pauvre Alma-Rose, mais qu'est-ce que tu veux qu'on fasse? La nature attend pas, elle.

Alma-Rose, terrorisée par les cris d'Adrienne, quitte la chambre en coup de vent, la figure dans les mains. Au bout de quelques minutes interminables, elle revient chargée d'une énorme bassine remplie d'eau chaude savonneuse; des guenilles de tous formats s'accrochent à ses bras.

La tête du bébé est complètement sortie. Maria soutient celle d'Adrienne, enjoignant doucement à sa belle-sœur de pousser. Un mal de chien semble terrasser la pauvre jeune femme, déjà épuisée par tant de douleur, par chaque hurlement, surtout, qui lui soutire beaucoup d'énergie.

— Veux-tu ben me dire ce qu'y fait Esdras... me semble que ça fait un bon bout de temps qu'y est parti... marmonne Maria, désespérée de son inexpérience, navrée par son impuissance à soulager Adrienne de son fardeau. Vas-y encore un petit coup, Adrienne, le docteur arrive...

La mère suffoque, râle, l'enfant bloqué par les épaules entre ses cuisses ensanglantées. Elle s'arque, pousse de toutes

*les pauvres forces qu'il lui reste, mais en vain. Retombe épui-
sée sur l'oreiller. Cherche l'air. Sanglote. Agite la tête de gauche à droite, criant NON NON NON à la souffrance. Maria
n'ose pas tirer vers elle la tête de l'enfant, craignant de rompre son maigre cou, encore si fragile. Elle a retroussé ses
manches, placé des linges sous la mère, sue à grosses gouttes,
s'apprête à tenter une délivrance risquée, lève la tête vers
Alma-Rose qui se tient là au bord des larmes, impuissante,
épouvantée. Maria cherche dans les yeux de sa jeune sœur
quelque signe d'approbation, puis se penche vers l'enfant,
dont le visage a pris une teinte dangereusement bleuie. Elle
entreprend de tirer légèrement vers elle le petit être récalci-
trant. Chair si tendre, comme j'ai peur d'enfoncer mes ongles
dans tes tempes vulnérables...*

*Adrienne pousse une plainte insoutenable, tourne de l'œil
et retombe inerte sur l'oreiller.*

*Dans l'embrasure de la porte, Esdras, gauche, tient le
docteur par le coude.*

❑

*Esdras, assis contre le mur, jambes écartées et tête dans
les mains, attend dans la salle commune le verdict du docteur.
Alma-Rose se tient près de lui, debout contre le poêle, ron-
geant l'ongle de son pouce droit, les yeux rivés au plancher.
Seule Maria a pu assister le médecin dans l'achèvement de
cet accouchement difficile. Depuis une demi-heure, aucun son
ne sort de la chambre à coucher. Puis, un discret couinement.
Puis, pleurs d'enfant convaincu de son désir de vivre. Le docteur émerge de la chambre, suivi de Maria, qui tient dans ses
mains la large bassine rougie par les efforts désespérés de
sa belle-sœur. Le praticien s'essuie les mains, en jetant par-
dessus ses binocles un regard de sympathie à l'homme qui
attend.*

— *Un gros garçon, monsieur Chapdelaine. On a eu de la misère à le réchapper, mais y est bien en vie.*

*Les pupilles sombres d'Esdras fouillent les yeux du médecin.*

— *Pis ma femme? Ma femme Adrienne?...*

*Lentement, le médecin pose son linge sur le rebord de la cuvette souillée puis, soutenant avec grand-peine le regard inquiet du nouveau père:*

— *Je suis profondément désolé, monsieur Chapdelaine.*

*Maria, se tenant jusque-là muette aux côtés du médecin, vidée, paralysée, son grand vase dans les mains, laisse soudain tomber la cuvette, se rue vers la porte qu'elle ouvre avec fureur et s'enfuit en courant, secouée par de violents sanglots, le visage dans son tablier.*

*Sur les planches maculées de sang se figent trois regards brouillés par les larmes.*

## Chapitre IV

# 1974

Bovary, en plus de ses pattes de lion et de sa cervelle d'oiseau, hurle parfois comme un loup, boit du lait comme un chat et se paie une moyenne tête de cochon. Une description plus révérencieuse de ce dernier trait équivaudrait peut-être à *chien à cheval sur les principes*. Jamais, depuis son règne avec Maria, il n'a accepté de soulager sa vessie ailleurs que sur le quadrilatère où il a uriné le jour de son arrivée dans le Vieux-Québec: une pauvre galette de gazon sise rue des Remparts, qui, après sept ans de lève-la-papatte, présente de graves symptômes de nécrose en plaques.

En ce radieux samedi de juillet 1974, parmi les tam-tam, les danseurs multicolores se tortillant à qui mieux mieux et les bouteilles de bière, le basset s'efforce de renchérir sur le tohu-bohu de la foule par des *wouf* très francophones dont la fréquence croît avec son envie d'uriner: son humble contribution au délire de la Franco-Fête.

Maria a réussi à avoir tout le monde pour son party africain, même les *traîtres* qui sont passés à la grande ville depuis deux ans: Pierre-Luc, Louis-Paul et Mariette, partis faire des affaires d'or à *Moréarl* chacun dans son métier, qui devenu photographe attitré d'un journal à sensations, qui engagé par une compagnie de ballet-jazz à la mode, qui vendant ses peintures dans diverses galeries d'art fréquentées par le gratin nouveau-riche de la prospère métropole.

97

Jos Binne, pour sa part, gagne très bien et très secrètement sa vie en ce moment. On ne sait trop d'où lui viennent ses grassouillets revenus, mais le freak *défreakisé* arbore des *hardes* disons plutôt chic pour un gars qui se tient quotidiennement au Chanteauteuil de neuf à cinq, de cinq à sept et de neuf à trois. Sans parler de la grosse-Continental-tite-brimbale qu'il parade solennellement dans les rues du Vieux depuis un an aux côtés de ses deux mastodontes d'afghans bien peignés, bien nourris.

Tit-Bob Hamelin, fidèle à son lui-même non identifié, semble vouloir marcher une fois de plus dans les traces de l'opulent mentor *businessmanisé*: après avoir travaillé quatorze heures par jour sur la construction, économisé comme un forcené pendant deux ans et demi, aidé d'un généreux coup de pouce du grand-frère Jos Binne, il vient de s'ouvrir une boutique de cossins rue Saint-Jean: poterie grano, bilboquets, bébelles pour touristes, marionnettes, pipettes en cuivre, cuillers à coke, chandelles parfumées et cônes d'encens, une espèce de magasin général nouveau-Québécois spécialisé dans l'importation de quétaineries fabriquées sur le dos du tiers-monde. Les ambitions musicales: souvenirs d'une jeunesse rêveuse. Développement intellectuel? Il n'a jamais repris le chemin du cégep et envisage encore moins celui de l'université: «s'instruire c'est s'enrichir oui mais moi mon but dans la vie c'est pas nécessairement de m'enrichir c'est de vivre ma vie pis c'est pas sur les bancs d'école que ça risque de m'arriver», clame innocemment Tit-Bob dans son costard bonne coupe, avec ses oreilles dégagées, ses longs favoris Johnny Farago et sa cravate greffée à un col *permanent-press* immaculé.

Gros-Jean est revenu en ville avec sa Luce et son fils de deux ans, un débile léger au crâne un tantinet malmené par les forceps-maison de la voisine venue assister le Gros-Jean-accoucheur de la Luce-voulant-absolument-enfanter-dans-la-douleur. Monsieur a lâché le pelletage de fumier pour le pelletage de nuages: il fait un stage de formation pour devenir télé-vangéliste («y paraît que y'a une piasse à faire là-dedans...»).

Dans six mois, avec un peu de talent, il aura appris à se composer des arrangements musculaires faciaux aptes à convaincre n'importe quel paumé argenteux de laisser ses biens terrestres et de le suivre. Luce Millet-Luzerne, elle, est retournée à ses anciennes amours: elle s'adonne au secrétariat légal archirémunérateur pendant que Moïse Thivierge, le fils extirpé des limbes par les pinces à spaghetti de la voisine saint-pamphiloise, végète de huit à cinq dans une garderie pour bébés légèrement attardés.

Hélène la douce vend ses poteries dans sa propre boutique proprette rue Sainte-Anne, non loin du florissant cabinet d'avocats où son véreux nouveau petit ami exerce sa noble profession pour soixante-douze dollars l'heure. Sophie et Sébastien gambadent chaque matin jusqu'à Saint-Louis-de-Gonzague dans leurs attrayants petits ensembles griffés.

On se dorlote au Downy et aux petits pois Lesieur. Tout le monde est heureux quoi.

Maria vient d'emménager avec Zazie dans l'appartement rue Ferland. Le *bâton de vieillesse* a maintenant seize ans bien sonnés. Secondaire V en septembre. Maria l'encourage fortement à continuer ses études à grands coups de «profites-en, moi si j'étais toi...». Pas convaincue la Zazie. En plus, elle goûte à l'emploi rémunéré et donc au sacro-saint pouvoir d'achat depuis un mois. Mademoiselle travaille chez Bic Steel Unisex et se fait de la menue monnaie de six à neuf tous les jeudis-vendredis et de neuf à cinq les samedis dans un enclos aveuglant de chrome et de miroirs, Hendrix-Joplin *full pin* dans les oreilles. L'aventure de la vraie vie mam' chose. Payée pour tripper sass'peut-tu... Payée pour se faire défoncer les tympans. Et en plus, elle a arrêté de dire «mon cul». Entre la phase anale et la phase aurale: deux autres années de séditieuses pitreries au secondaire, trois tits tchommes duvet-au-menton retournés chez leur mère et un solide apprentissage de l'ivrognerie. Dans les temps libres, elle aide cette bonne Maria à faire son train-train, elle la bat quotidiennement aux échecs — la coquine n'y voit plus clair mais une coquetterie sans bornes l'incite à faire semblant de voir les pions — et elle continue de faire les courses dans le quartier pour les denrées vitales: gnole, cigarettes, livres et canabis pour les soirées *baudelairisantes*.

Zazie a eu affaire à Maria le mois passé lorsque, la surveillance maternelle s'étant relâchée faute de proximité, elle a *évoqué* un abandon éventuel de ses études.

— Ho que non tu me feras pas ça si tu veux rester avec moi. Non seulement tu vas continuer, mais tu vas te mettre à lire, ma grande ignare, pis à chercher tes mots dans le dictionnaire. Finis l'écriture au son pis le crachouillage de voyelles et de consonnes sur le papier. T'as quinze ans pis t'écris comme un pied. T'as pas de vocabulaire. Ta syntaxe souffre de dystrophie musculaire et ta grammaire est pourrie sans exception. L'âge de la parole, c'est pour maintenant, mignonne, réveille! Si tu savais comme j'avais honte de pas pouvoir lire ni écrire à vingt ans. Je l'ai appris raide mon français quand j'ai su que je le pouvais, même si tout le monde s'est mis à me regarder de travers au village. Toi, t'as toutes les chances de ton bord, tu nous feras pas le coup de l'indifférente qui veut rester dans son merdier sous prétexte qu'elle est née pour un p'tit pain, ou qu'elle cherche son mouâ, pis que son mouâ ne se trouve pas à l'école.

— Tu sauras que je parle français comme je l'entends, Maria Chapdelaine. Toi t'as beau t'être instruite, tu parles comme un gars de chankier pis tu sac' comme une damnée en plusse! Ça t'a donné quoi d'aller faire un baccalauréat à soixante-treize ans...

— Laisse faire mon parler de tous les jours, madame. Sache que si j'ai à le faire, je vas pouvoir perler à n'importe qui de la haute gomme demain matin. Y'est en moi, mon beau français. Y'est à ma disposition quand j'en ai besoin. Ça se perd pas, ça. J'ai pas besoin de l'exhiber tous les jours pour y croire. Mon beau français, je le garde pour mon beau François, pis c'est pas tout à fait de tes ouâgnons, chérie. Ça fait longtemps que j'écris pus au son, moua. Toi, par contre... Tu peux parler comme tu l'entends, ma fille, en autant que dans ton sac tu gardes tous les tours qu'y faut pour t'affirmer quand c'est le temps. Pis là, je dirais que ça commence drôlement à être le temps. Mon bac? Y m'a certainement pas nui: j'ai appris à mieux comprendre ce que je lisais, pis du vocabulaire j'en ai ramassé à la pelle à l'université. Ça ouvre les œillères d'étudier ce que d'autres ont pu penser ou écrire avant nous autres. Le monde est grand, Zazie, pis y'a de l'expérience dans le corps. Ça va te donner quoi de rester ignorante?

— Ça donne rien d'étudier, on meurt anyway…

— Ben quain, mademoiselle Camuse… c'est solide comme raisonnement, ça… Dis-toi ben qu'entre maintenant pis le jour de ta mort, ma fille, t'as peut-être une soixantaine d'années à tuer. Pourquoi pas les passer à faire de quoi d'intéressant? Pourquoi traîner toute une vie à faire des jobs archiplates pour un crosseur, à trois piasses de l'heure? Tu m'as dit que tu voulais pas d'enfants. Bon, ça te regarde. Mais c'est quoi l'idée de penser p'tit pain, ma Zazie? Tu vas pas vendre des jeans pis des T-shirts toute ta vie? Te faire entretenir par un bonhomme? Te tourner les pouces? So what? Veux-tu mourir vide? Tu vas brûler comme un fétu de paille quand tu vas te faire incinérer, pauvre Zazie…

— C'est quoi ça, un «fétu»?

— Quain tu vois? Prends ton dictionnaire et cherche, ma belle.

101

## Journal à François Paradis

*le 11 septembre 1925*

Mon beau, mon grand François,

Si tu voyais toutes ces lumières le soir. Des
millions d'yeux qui fouillent la nuit. Je me demande
où le pays trouve l'énergie pour garder ces lumières
allumées tout le temps. C'est tellement différent du
satané bois, où on ne voyait plus que de l'encre par
la fenêtre dès quatre heures les soirs d'hiver.

Je ne peux pas dire que je m'ennuie de la terre.
Des rires francs de nos gens, ça oui. De la bonne
odeur des labours, des fleurs et des arbres, aussi,
bien sûr. Des étoiles, ça va de soi. Ici, un voile per-
manent couvre le firmament. Les énormes chemi-
nées des manufactures, des usines, des industries,
crachent sans relâche les impuretés accumulées
dans leurs poumons d'acier à la face du ciel.

Alma-Rose me dit qu'elle revient chaque soir
tellement fatiguée. Douze heures par jour, six jours
par semaine penchée sur une machine, c'est long
pour une jeune femme qui remorque depuis toujours
une existence sans amusements. De plus, il paraît
que les types de la manufacture ne la laissent jamais
tranquille quand vient le temps de poinçonner. Elle
est si belle, Alma-Rose, ma grande petite sœur aux
longs cheveux caramel. Elle en fait tourner des

têtes... Nous nous voyons tous les lundis soir, mon seul congé.

Les MacDonald me traitent vraiment comme une domestique. Je dirais même, par moments, comme un chien. Et puis non, leur chienne Darling est mieux traitée que moi: elle va chez le coiffeur, mange de la viande fine, sommeille tout le jour, reçoit une caresse de temps à autre. Ils ne soupçonnent même pas que je sais lire et écrire, mes chers maîtres. Que veux-tu, mon François, mon amour, ils ont le gros bout du bâton, le bout anglais.

À Montréal, il n'y a guère de travail gratifiant pour les femmes qui arrivent des campagnes: manufacture ou service domestique, c'est à peu près tout. Très limité, n'est-ce pas, mon François? Les professions, l'instruction sont réservées aux fils et aux filles de bourgeois, à ceux et celles qui sont assez bien nés pour ne pas avoir à se soucier de leur pitance. Aux filles ordinaires, on n'enseigne guère que les arts ménagers à l'école. Et encore... Savoir lire et écrire ne suffit pas aux femmes pour trouver un emploi plus valorisant que le travail à la chaîne ou celui de bonne. Ah, comme j'aimerais avoir plus d'instruction, mon grand Paradis enneigé... Je me ferais médecin. Je me ferais avocate. Je me ferais professeur d'université. Je pousserais à la grande roue qui fait avancer le monde du savoir.

Avec la lettre de recommandation du curé Tremblay, j'ai réussi à me placer dans cette famille riche de Westmount, les MacDonald, des industriels chic, la vraie noblesse au port de tête aristocratique. Pendant que je nettoie les restes de leur table, ils digèrent en écoutant du Wagner sur leur gramophone et sirotent des liqueurs fines en devisant sur le cours de la bourse. Ils ne m'adressent que très rarement la parole (surtout que je parle deux mots d'anglais et

qu'on ne parle pas autre chose dans cette maison;
Dieu merci Annette, la cuisinière, une Canadienne
française évidemment, traduit pour moi leur bara-
gouinage) et encore est-ce pour me réprimander,
sans même daigner me regarder dans les yeux. La
dame est sèche, sévère, précieuse. Une vraie
bégueule. Nous avons le même âge, elle et moi. Tu
te rends compte, elle pourrait passer pour mon
arrière-grand-mère, avec son comportement de vieil
oiseau grincheux. Elle rêvasse tout le jour, s'habille,
se pomponne, lit des romans qui la font soupirer et
se plaint, se plaint, se plaint: du pli quasi invisible
que j'ai laissé sur son drap, de la soupe qui manque
de sel, du grain de poussière aperçu sur la console
du vestibule. Madame a de bien grosses misères,
n'est-ce pas... Elle prend grand plaisir à nous
rabrouer, Annette et moi, devant le monde; elle
nous lance souvent nos gages du mois à la tête et
nous darde de son regard méprisant pendant que
nous nous penchons pour ramasser son argent. Les
MacDonald croient que nous n'avons ni âme ni
intelligence, Annette et moi. De plus, je dois cons-
tamment éviter de me retrouver seule avec son mari,
Sir MacDonald *the Second,* qui sauterait sur la première occasion pour me manquer de respect derrière
le dos de sa femme si je me montrais moins vigi-
lante. Chaque soir, je m'enferme à double tour dans
ma chambrette sous les combles.

Comme j'ai sommeil le soir venu... Tu ne m'en
veux pas trop, mon cher amour François, de te négli-
ger dans mes rêves, qui se font bien rares... Toute la
journée, je monte et descends les escaliers reliant le
rez-de-chaussée au premier, puis au deuxième.
Madame m'envoie aux étages pour un oui ou pour un
non. Les MacDonald sont quatre en tout: père, mère,
deux enfants gâtés jusqu'à la moelle et bouffis de

graisse, qui mangent comme des porcs. C'est quand même bizarre, tu ne trouves pas, mon François, des enfants dont les parents bercent leur estomac au son de Wagner, qui mangent comme des gorets et salissent leurs beaux habits de velours à chaque repas?

Je suis la servante de quatre corpulents Anglais au visage plâtré. Je sers leurs repas, je décrasse leur maison, lave leurs vêtements, je fais leurs achats, je prends soin de leur jardin, je nourris et brosse leur chienne, le tout pour cinq dollars par semaine. Étant donné que j'ai le gîte et deux repas par jour, il paraît que les MacDonald se montrent *cléments*.

Nous sommes arrivées avec quelques vêtements à peine, Alma-Rose et moi, ce n'était pas le moment de faire les difficiles côté travail, n'est-ce pas? Si tu étais là, mon beau grand mari éternel, tu prendrais soin de ta Maria, je le sais. Nous irions aux petites vues, nous ferions de longues promenades dans les parcs, tu m'achèterais un collier de perles pour mon trente-cinquième anniversaire, dans deux jours déjà... Nos mains ne se quitteraient jamais, soudées par le bonheur. Puis, nous retournerions dans notre coquet logis pour nous embrasser pendant des heures, loin du vacarme de la ville, camouflés au creux de notre grand lit blanc et chaleureux.

Comme tu me manques, François Paradis. Que je sois en plein bois ou dans la grande ville, mon ailleurs de prédilection, c'est toi.

Dans la salle à manger aux planchers de chêne, les convives de Maria, écrasés sur leur chaise, digèrent péniblement en fixant la table jonchée de détritus exotiques.

— Coudon Maria, kossek t'as mis dans c'te nourriture-là toi... ça me brasse dans le ventre ketchose de rare...

— Ouain, j'osais pas trop le dire Maria, mais j'ai comme des bouleversements intestinaux irrefragables dans le côlon...

— *Oh boy!* Tu sors ton langage d'*artsy-fartsy* ma tante Louis-Paul? Plaignez-vous pas, vous avez voulu tripper africain... Je le sais-tu, moi, comment faire ça, une bouffe afouicaine... J'ai suivi les recettes pis j'ai garroché toutes les épices qu'y me disaient de garrocher. As-tu mal au ventre, toi, Zazie?

— Ben non, chus trop pacquetée ch'kré ben, rétorque l'adolescente dans un rire éthylique. Faut dire que j'ai presque pas mangé; si j'ai mal au ventre, moi, ce sera de m'être contorsionnée pour imiter les Africains tantôt. Non mais on a-tu l'air assez raide à côté d'eux autres quand on danse? On dirait qu'on a avalé un manche à balai... Y l'ont-tu le rythme, les Noirs... On fessait dans le décor nus-autres les tits blanc-pâle avec notre souplesse de barre-de-fer pis nos espadrilles. C'est nu-pieds qu'y faut danser, stie...

— Fait rien ça, l'important c'est de se frotter à d'autres cultures, de se mélanger un peu, de s'ouvrir les ornières, d'oublier not'p'tit Québec kek menutes pis de se tourner vers l'international...

Pierre-Luc, en achevant cette réplique, porte la main gauche à son ventre et esquisse une subtile grimace d'inconfort.

— Ben j'sais pas, moi, si c'est pas prématuré d'oublier son p'tit Québec pour tripper international, ma tante Pierre-Luc, enchaîne Maria. Pour se tourner vers l'international, comme tu dis, encore faudrait-il d'abord être une *nation*. «International», le mot le dit: *entre NATIONS*. Pis c'est pas les *ornières* qu'on s'ouvre, mon Pierre-Luc, c'est les *œillères*.

Cette dernière correction apportée par la doyenne, Gros-Jean, dans son nouveau déguisement de télévangéliste (il porte son austère costume sombre partout, même à la Franco-Fête, s'habituant à faire sérieux en toute occasion), s'achemine vers le cabinet de toilettes. Son énorme panse semble lui causer des problèmes. Graduellement, son teint a tourné au vert olive.

— Moi je pense qu'on va y aller Maria, risque la douce des douces. Sébastien file pas, pis Sophie digère mal. Qu'est-ce que t'en penses, Georges-Albert?

Le Georges-Albert (le véreux tchomme prospère) n'attendait que cette bouée pour aller se «libérer» dans l'intimité de son huit et demie meublé scandinave. La famille quadra se retire dans un chapelet de «merci bien là c'tait très spécial à la prochaine bon restant de Franco-Fête». Et l'original avocat d'ajouter «faites pas ce qu'on ferait pas» en lançant un clin d'œil d'une acuité mégalithique à la compagnie.

Gros-Jean émerge du *fécatorium,* un reste de tourment imprégné sur son gras visage. Il sue abondamment.

— C'EST MON TOUR! crient à l'unisson Mariette, Jos Binne et Pierre-Luc.

On n'a guère encore l'habitude de l'internationalisme dans le clan chapdelainien.

Maria a à peine touché à ses mets africanisants. Elle s'est contentée de fumer à la chaîne et de s'envoyer des *ça-va-mieux* (mixture de dry gin et de jus de pamplemousse sur glace) depuis le début de la soirée. Elle rit volontiers des réactions du clan au festin exotique. Et tousse ferme ça va de soi. On n'entend que ses chuintements, ses râlements, ses silements dans l'appartement. La réaction de ses amis à son buffet exotique lui rappelle un épisode savoureux de son turbulent passé.

— Zazie, viens icitte que je t'en raconte une bonne…

## Journal à François Paradis

*le 31 décembre 1927*

Une Bonne année à toi, mon grand François, ma douce tempête. Chaque Nouvel An nous rapproche de notre mariage, tu sais... J'ai si hâte de devenir Maria Paradis. Comme elle sera belle, notre nuit de noces... Nul mortel ne viendra troubler notre amour. Nous nous enroulerons dans les draps de l'éternité, scellant nos paupières de baisers inviolables par le temps. Tu verras, je te serrerai dans mes bras jusqu'à t'en couper le souffle. Pas un seul pouce carré de ta peau cuivrée ne sera épargné par mes fraîches lèvres d'épouse nouvelle. Pendant des siècles, je t'userai le corps avec mes mains, François Paradis.

Je ne supporte plus ma vie avec les MacDonald. J'irai habiter avec ma petite sœur aussitôt le Nouvel An passé. Elle est gravement malade, mon Alma-Rose. Elle est si pâle, si maigre; ses yeux cernés ne me disent rien de bon. Je resterai avec elle pour l'aider. J'ai pu trouver un emploi à la même manufacture. Je commence le cinq janvier.

J'ai dépensé mon maigre bonus de Noël (deux dollars) à l'achat de médicaments, dont certains pour mon Alma-Rose. Comme c'est pratique, le catalogue Eaton. On y trouve de tout, vraiment de tout.

Avant de quitter les MacDonald, mon François, j'aimerais leur laisser un cadeau de Bonne année. Ils ont été *si bons* pour moi durant ces deux dernières années...

## 1er janvier 1928

Maria Chapdelaine, domestique des prestigieux MacDonald, est plantée dans le vestibule, au garde-à-vous. Sept heures du soir. Sur son costume bonniche de luxe, longue robe à volants, manches longues et col monté, d'un noir impeccablement noir, se détachent une coiffe et un tablier impeccablement blancs. Elle attend les invités du New Year's Dinner que ses maîtres donnent annuellement pour les richissimes, les illustrissimes et les éminentissimes du tout Westmount industriel. Arrivent l'une après l'autre les figures fouettées par le froid de janvier, embéguinées de fourrures diverses. Maria Chapdelaine, paterre désincarnée sur laquelle les bourgeois de Westmount jettent dédaigneusement étoles, pelisses et capelines luxueuses sans l'aumône d'un regard, a peine à tenir encore debout sur ses jambes tant la préparation du fastueux banquet lui a demandé de l'énergie. Toute une semaine de nettoyage, de polissage, d'époussettage, de frottage, de magasinage, pour que les exigeantes bouches-fines invitées ce soir n'aient aucune matière à revendication. On a tout mis en œuvre pour prouver à la minorité audible du Pays de Québec que les MacDonald savent recevoir.

Cette année, Winnifred MacDonald a décidé d'innover. Au lieu du traditionnel cocktail martini de bienvenue, on servira un punch au jus de fruits légèrement alcoolisé. Madame a ramené cette idée de son dernier voyage à Paris. Le «ponche», comme le prononcent les Français à la mode, repose dans son grand bol de verre dépoli sur l'élégante nappe de dentelle recouvrant le buffet antique du salon. Une grande louche s'y

110

*plonge tête la première, prête au service. Autour, des bols
individuels de même forme que le contenant-maître font une
ronde. C'est à Maria que l'on a confié la fabrication du
punch, recette à l'appui: rhum brun, jus d'ananas frais, boisson gazéifiée de type «incola» et un soupçon de muscade. Des
glaçons nagent dans la boisson sucrée, s'épivardant une dernière fois avant la fonte fatale. Annette s'est échinée pendant
trois jours à préparer la fameuse ripaille. Ce soir, elle est
affectée au service avec Maria. Les deux Canadiennes françaises se tiennent droites comme des statues de chaque côté
du bol de «ponche», attendant les ordres de Winnifred Mac-
Donald. Maria accuse une certaine fébrilité. Ce n'est pourtant pas son premier New Year's Dinner.*

*Assises élégamment du bout des fesses sur les fauteuils
damassés, les invitées devisent du bout des lèvres, leur parte-
naire debout à côté d'elles, roides, empesés, gourmés. On
cause argent, production, grèves, ingratitude des travailleurs.
Chacune de ces dames a enlevé un de ses longs gants, qu'elle
tient négligemment dans la main encore gantée. Des parfums
riches s'échappent des coiffures montées en épingles. «Winnie», comme l'appellent affectueusement les amis, donne le
signal de service. Les deux automates se mettent en branle.
L'une verse le punch dans les bols, l'autre apporte la boisson
aux invités. La moindre goutte versée par mégarde sur l'une
des soyeuses toilettes du New Year signifie le renvoi. Les
mains d'Annette tremblent légèrement à chaque service.*

— Winnie my dear, this drink is quite exquisite indeed...
What is it? Delicious! How original! How refreshing! And
this subtle strawberry taste... I BEG you: give me your recipe
Winnie dear...

*Après une heure de discrets échanges mercantilistes, une
douzaine de couples westmountais sont venus à bout de
l'énorme bol d'apéritif. On passe à table.*

*On accueille avec force exclamations l'énorme bête trô-
nant au milieu de la longue table de chêne surchargée
d'argenterie, de cristal, de vermeil et de porcelaine fine. Un*

*consommé ambré fume dans les assiettes creuses bordées de dorures dix-huit carats. Annette verse quelque vin doux dans les délicats verres à pied. La compagnie s'égaie tranquillement. Les voix montent. Un gros banquier au rire inextinguible détient le monopole des ondes sonores.*

*D'habitude, à ce stade de la raffinée saturnale, l'imagination des commensaux est suffisamment exaltée pour que se rompe l'épaisse couche d'amour-propre isolant chaque individu initialement figé dans un état de sobriété incitant peu à la convivialité. Ce soir, fait bizarre, la bonne humeur ayant à peine pris son envol retombe aussitôt le potage avalé. Les convives se regardent par en dessous, mal à l'aise. On toussote. Maria et Annette déposent soigneusement les vols-au-vent devant chaque invité, dont le teint, semblerait-il, tourne légèrement au vert-de-gris. On entame les entrées du bout des lèvres. D'importuns borborygmes se font entendre au grand embarras des responsables. Puis, n'y tenant plus, l'une des dames s'excuse, prend congé et s'achemine à petits pas rapides vers une des servantes afin de s'informer quant à l'emplacement des cabinets d'aisance. Le jadis inextinguible rire s'est éteint. Winnifred MacDonald elle-même se tient discrètement l'abdomen sous sa blanche serviette de lin, se demandant bien ce que diable il arrive à son système digestif et à son New Year's Dinner. L'hôte son époux y va de maintes tentatives pour ranimer la bonne humeur de sa compagnie. Ses blagues lui restent bloquées dans la gorge. Lui non plus ne se sent pas bien. Une deuxième convive se lève en catastrophe. Maria l'oriente vers l'une des trois salles de bains du manoir. Quelques dames, cramoisies, s'éventent avec leur serviette, faisant fi des bonnes manières. On n'a pourtant pas encore tant bu.*

*Au moment où Annette s'apprête à dépecer le gigantesque rôti, la moitié des invités sont quelque part aux étages... L'un des prospères homologues de MacDonald vient annoncer son départ, alléguant un malaise incontrôlable de son épouse. Sa figure empourprée semble supplier ses hôtes d'abréger les formules de salutations. Deux couples le suivent dans le quart*

112

*d'heure qui suit. Winnifred MacDonald consulte son mari du regard, indiquant son désir de s'entretenir avec lui en privé. Elle est au bord de la crise d'hystérie.*

— What in heaven is going on, darling? Everyone is suddenly sick... Have you been to the restroom? The smell in there... outrageous! I just don't understand... It can't possibly be the food: we've barely touched anything...

— I'll be damned if I know Winnie dear. The consommé, perhaps? Or some kind of flu going around?... Our dinner is turning into quite a failure... Pity, isn't it darling, after all the trouble we went through you and I... Just hope this won't influence the vote at the next election for the Board of Directors... I really want that presidency, you know...

*Au retour des MacDonald, il ne reste que six couples autour de la table, trois autres s'étant précipitamment retirés dans une kyrielle d'excuses. Les persévérants sont quasiment pliés en deux. Ils fixent avec désespoir leur assiette bondée, intacte, devant eux. Kenneth MacDonald prend la parole, une main sur le ventre, sa haute stature légèrement inclinée.*

— We are terribly sorry, Winnie and I, about what's happening to us tonight. Circumstances beyond our understanding seem to be making our guests rather ill one after the other. Winnie herself is feeling quite under the weather. Therefore, will you excuse her if she takes leave of us at this early hour. Actually, given the circumstances, perhaps we should consider calling it a night. We are terribly sorry. Please excuse us.

*L'horloge grand-père sonne neuf heures et demie. On se retire, mi-affligé par de violentes crampes abdominales, mi-content de pouvoir se laisser aller dans l'intimité du domaine familial. La monumentale pièce montée trône à demi dépecée, on ne regarde même pas les assiettes pleines et les verres à peine effleurés.*

*Maria et Annette débarrassent la table en silence. Maria jette de temps à autre un coup d'œil malicieux à sa compagne. Annette ne comprend rien à ce Dinner manqué; elle se refuse*

113

en tout cas à jeter aux poubelles tant de nourritures exquises inviolées. Elle voudrait bien faire bombance aussitôt que les maîtres se seront couchés, ce qui ne tarde pas à venir puisque eux aussi sont en proie à de violentes nausées, à d'insoutenables douleurs abdominales. On entend un «Good night, girls» lancé sur un ton neutre du haut de l'escalier. Kenny darling se retire dans ses appartements.

— Maria?

— Mmmm?

— On peut pas jeter ça, regarde donc, des affaires que j'ai jamais mangées de ma sainte vie. C'est trop de valeur. Mais d'un coup que c'est empoisonné ces belles viandes-là?

— Tu peux t'en mettre plein la panse sans craindre, mon Annette.

— Han? Comment ça? Tout le monde est malade comme des chiens, on sait pas ce qui a dans ce repas-là?

— Puisque je te le dis.

— Toi Maria Chapdelaine je te trouve un drôle d'air depuis le début de la soirée... Kossek que t'as encore fricoté là?...

Maria se pince les lèvres à se les bleuir.

❑

La bouche pleine de Yorkshire pudding et de rôti froid, écrasées de rire à la table de la cuisine au milieu des crèmes pâtissières et des bouteilles de bon vin, Maria Chapdelaine et Annette Langevin se paient un gueuleton comme jamais elles n'en ont connu de toute leur existence. Annette, la face barbouillée de gravy, n'en revient pas encore.

— T'es folle raide, Maria Chapdelaine?... Du Fruit Saline pis du Fowler's Extract de fraises sauvages dans le punch...

— Rien de trop beau pour la classe dominante mon Annette... pis tout ce que ça m'a coûté c'est deux piasses et *vingt-huit, mon cadeau de Noël à moi, ça, Annette. Un des plus beaux de mon règne. Envoye mange, profites-en ma belle, pis emportes-en dans ta chambre des petits pains fourrés pis des doigts de dames. Eux autres en haut, j'pense pas qu'y remangeront avant une bonne semaine. Y sera pas dit, mon Annette, que les Canadiens français auront pas faite chier les Anglais au moins une fois dans leur histoire.*

*En achevant cette phrase, Maria, foudroyée par le fou rire, s'étouffe avec sa bouchée de vol-au-vent, crache, pleure, gémit, entraînant dans son hilarité une Annette ravie de son New Year's Dinner.*

*— T'as pas peur de te faire mettre à porte Maria?*

*— J'ai décidé de me mettre à porte moi-même, ma chère, pas plus tard que demain. Crains rien pour ton emploi, je vas tout avouer à Mam' MacDoneule avant de partir. J'ai-tu hâte de voir sa face de plâtre tomber en écales...*

*— T'es spéciale, toi, Maria Chapdelaine... t'as pas peur de grand-chose, han?*

*— Non ma belle, le pire de ce qui devait m'arriver m'est arrivé, pis pour le reste, y m'auront pas vivante...*

Du clan, il ne reste plus que Jos Binne, Tit-Bob Hamelin et Maria. Zazie est allée se coucher, complètement francofêtisée par une douzaine de petites bières froides. Le trio s'est installé dans le salon. Jos Binne s'occupe à la fabrication de joints aussi gros que des Havane. Tit-Bob, les yeux vaseux, essaie de convaincre Maria qu'il n'exploite personne avec ses importations du tiers-monde à coup d'arguments du genre «tout le monde le fait j'serais ben cave de m'en passer si c'est pas moué ça sera un autre». Maria se berce bruyamment, reniflant, fumant, toussant, maugréant, loin d'être convaincue de la bonne foi du nouveau boutiquier.

— Trop facile, mon Tit-Bob, trop facile... c'est comme Jos-Binne-la-combine, qui trafique Dieu sait quoi de ce temps-là pis qui se pavane en gros char chromé payé on sait pas comment... C'est quoi l'idée les gars, êtes-vous en train de vous partir une tite mafia à vous autres tu-seuls? Moué m'fait rien mais ça joue dur dans ce monde-là. Y vous feront pas de cadeaux les tits mononcles en haut de l'échelle. Dis-moué-lé donc une bonne fois pour toutes, Binne, ouske tu trouves tout c't'argent-là depuis deux ans...

— Bof, je veux pas t'inquiéter avec ça Maria... je fais des affaires qui marchent, c'est toute, répond mollement Jos Binne en léchant son joint amoureusement.

— C'est ça, vive l'amitié! Si on peut pus rien se dire, aussi ben se mettre à copiner sans conséquences, d'abord.

— Prends-lé pas de même, Maria. Qu'est-ce que ça va changer dans ta vie de savoir comment je gagne la mienne, han?

— Y t'est jamais venu à l'idée que je pouvais m'intéresser à votre avenir? Vous êtes comme qui dirait ma famille, mon cher Jos Binne. Vous me laissez pas indifférente, tu sauras.

— Moi, Maria, je voudrais pas te décevoir, mais ça marche pus tellement comme ça de nos jours. On s'en va vers un chacun-pour-soi généralisé kekchose de rare. Y'a pus parsonne que ça intéresse, ce qu'on fait dans vie. Le monde, aujourd'hui, sont comme des chaussettes traitées à l'anti-statique: y collent pus ensemble, même les chaussettes d'une même paire... T'es bonne toi...

— MOI je colle encore. Chus pas encore morte. Ça vit, là-dedans, mon cher, soutient Maria en se frappant la poitrine.

— Tu l'auras voulu, Maria. Pas sûr que tu vas être fière de moué par exemple. Ma chère Maria, t'as devant toi le pusher numéro un du Vieux-Québec. Es-tu contente, là? Je gagne mes chars pis mes suits fancy en vendant de la droye, mam'chose. Je pouche! On fait ce qu'on peut, han? C'est pas à trente-huit ans que je vas me mettre à étudier...

— Ah ben toé mon grand sacrement de pusher par exemple... T'as pas trouvé mieux que ça pour justifier ton existence? Toi qui étais assez marxiste pour faire tremper tes verres de contact dans de la solution Staline, astie. J'ai mon saint voyage. Jos Binne, tu me fais de la peine rare. Pis j'ai peur pour toé pour de vrai. Ce monde-là, ça pardonne pas, tu devrais ben savoir ça. Tu vas avoir l'air fin avec un trou entre les deux yeux quand t'auras fait de quoi pour déplaire au tit mon'oncle qui est en charge du district, han? Pis eux autres, les prétextes, ils les trouvent vite quand vient le temps de se débarrasser d'un intermédiaire gênant, mon Binne... Kosta pensé donc?

## Journal à François Paradis

*le 4 août 1931*

Mon doux François,

Comme je t'aime, toi... Comme je me sens seule maintenant, seule au monde, seule réchappée, ou presque, de la grande famille Chapdelaine. J'ai la mort dans l'âme. Je viens de recevoir un télégramme que mon grand frère Esdras a reçu d'un pénitencier américain, un message qu'il me transmet après se l'être fait lire par quelqu'un de Péribonka. Notre Da'Bé s'est fait tuer aux États, dans des circonstances qui ne me paraissent pas très claires. Qu'est-ce qu'il faisait, bon Dieu, dans une prison? Depuis son installation aux États, il travaillait avec Lorenzo dans l'entreprise de celui-ci.

Ils vont renvoyer notre pauvre Da'Bé chez nous dans une boîte en pin. J'ai demandé un congé à la manufacture pour aller aux funérailles. J'ai obtenu la permission de m'absenter deux jours. Sans paie, évidemment. Je retourne donc chez nous. Je t'emmène avec moi, bien sûr. En me rapprochant de ton lit de neige, je trouverai peut-être la force d'affronter ce nouveau malheur. Une chose demeure certaine: je m'empresse d'écrire aux responsables de ce pénitencier pour demander des éclaircissements.

Alma-Rose est au plus mal. Depuis quelques semaines, elle est à l'hôpital. Les médecins me disent qu'elle n'en a plus pour très longtemps. Ils ont diagnostiqué la syphilis chez ma pauvre petite sœur. T'imagines-tu, mon François, la syphilis, ma petite Alma-Rose? Cela semble incroyable... Mais qu'est-ce que le ciel a donc à s'acharner contre nous? Je ne comprends plus rien à l'existence.

En deux ou trois ans, mon Alma-Rose a bien changé, il faut dire. Quand je me suis installée avec elle en appartement, j'ai remarqué un certain faste, partout: des meubles chers, des sous-vêtements luxueux, des bijoux aussi. Et tout ce maquillage, moi qui n'avais jamais vu ma petite sœur fardée lors de nos sorties du lundi soir. Cette fatigue, ces yeux de plus en plus cernés, cette maigreur... Alma-Rose m'a expliqué qu'elle faisait du temps supplémentaire, des ménages de soir dans un édifice à bureaux, pour se payer ces petits luxes. Et moi qui l'ai crue tout ce temps...

Ah, mon François, j'ai de la misère à pleurer tellement j'ai de la peine. Pourquoi ne viens-tu pas me consoler, du fond de ton ailleurs gelé, juste une petite minute? J'aurais tant besoin de tes baisers, François Paradis, pour colmater mon âme ébréchée.

Pénitencier de Sing-Sing
Ossining, État de New York
le 14 août 1931


À: Madame Maria Chapdelaine
   1785, rue Saint-Denis
   Montréal, Province de Québec
   Canada


Madame,

Nous avons pris connaissance de votre demande de renseignements au sujet de monsieur Da'Bé Chapdelaine, votre frère. Nous nous excusons du peu de précisions données lors de notre avis de décès à votre frère Esdras Chapdelaine.

Nous avons le regret de vous informer que monsieur Chapdelaine est décédé entre nos murs le 2 août de cette année, à la suite de blessures reçues lors de ce que nous croyons être une procédure d'élimination d'un témoin gênant. Votre frère, arrêté en juin dernier pour ses activités illégales (contrebande d'alcool), avait accepté, sous promesse d'une réduction de peine, de témoigner contre Lorenzo Surprenant, son employeur, un des plus puissants bootleggers de l'État du Massachusetts.

Nous pensons qu'il vous fera sans doute plaisir d'apprendre que nous venons enfin de mettre la main sur Lorenzo Surprenant.

Veuillez accepter, Madame, nos plus sincères condoléances.

Charles O'Heary, directeur

## le 13 octobre 1931

*Sur son étroit grabat de métal, séparé des autres lits par un seul rideau blanc crasseux, Alma-Rose Chapdelaine se meurt, en proie à d'atroces souffrances. Son agonie dure déjà depuis trois jours. Un râle inaudible monte, régulier, de sa bouche asséchée. Ses grand yeux, exorbités, ne sont plus que deux taches sombres au milieu du visage déformé par la douleur, envahi de plaies violacées. Des larmes de pus coulent inlassablement sur ses joues creusées. Ses beaux cheveux longs, jadis si drus, riche palette automnale, sont presque tous tombés. Alma-Rose Chapdelaine, à peine trente ans, où t'en vas-tu donc avec ce corps brisé? Tu ressembles à une nonagénaire se mourant de vieillesse. Que t'ont fait les hommes de la grande ville, petite Alma-Rose, toi qui aimais tant la vie, toi qui avais si hâte d'y goûter?*

*Par-dessus le drap blanc s'allongent deux bras squelettiques au bout desquels s'agitent faiblement des mains à la chair quasiment transparente à force de fondre sur les os fragiles, des mains qui cherchent prise sur la mince couverture. Alma-Rose s'agrippe à ce qui lui reste de vie.*

*Par-delà les rideaux, l'on entend les plaintes des autres moribonds, tous entassés dans cette antichambre du trépas.*

*La grande femme brune arrive avec un petit pot à la main. Quelques violettes, pour égayer la misérable encoignure où se meurt Alma-Rose Chapdelaine. La plantureuse Maria avance droite et fière jusqu'à la «stalle» numéro 457 (c'est ainsi qu'on appelle les simulacres de chambres dans cet hôpital pour infortunés). Délicatement, elle ouvre le rideau et, n'apercevant aucun membre du corps médical, pénètre dans*

*l'espace exigu où gît son unique sœur. Doucement, elle pose
la chétive plante sur la table de chevet, près de la Bible et du
verre d'eau corrompue déposé là depuis le matin.*

*— Alma-Rose? C'est moi, Maria... comment ça va
aujourd'hui?*

*Sans attendre la réponse, qu'elle ne connaît que trop,
Maria se débarrasse de son léger manteau de pluie, range les
rares effets traînant autour du lit, pantoufles, robe de chambre, épingles à cheveux, puis se penche sur le corps dépéri
d'Alma-Rose. Elle caresse lentement son front bouillant,
repoussant délicatement vers l'arrière les quelques cheveux
nécrosés qui garnissent encore le crâne démesuré de la mori-
bonde.*

*— Alma-Rose, ma petite sœur, m'entends-tu? Je t'ai
apporté une belle plante, pour te faire un peu de compagnie
dans le jour... Le foreman veut rien entendre de me donner un
shift de nuit, Alma-Rose, y dit que je m'attirerais des ennuis
avec tous les hommes qui travaillent la nuit; y'a juste le soir
que je peux venir... tu sais comment c'est, han, Alma-Rose, la
saudite manufacture?*

*Puis Maria s'assoit sur l'unique chaise droite mise à la
disposition des visiteurs, au chevet de sa sœur dont elle prend
la main droite dans les siennes, caressant doucement la pauvre patte d'oiseau blessé. Elle continue de discourir comme si
elle avait affaire à une interlocutrice active. L'habitude, sans
doute, de venir causer depuis des semaines avec une Alma-
Rose aphone, déjà à moitié engagée dans le sentier de l'au-
delà.*

*— Alma-Rose, y'ont encore trouvé le moyen de baisser
mes gages... ça se peut pas, petite sœur, les tours qu'ils inven-
tent pour diminuer nos salaires. Chaque deux mois, y trouvent
des nouvelles «catégories», pis ils associent des salaires à ces
descriptions-là. Aujourd'hui, y m'ont classée «ouvrière non
spécialisée» pour justifier ma baisse de salaire. Non spécialisée, Alma-Rose, moi qui fais le même maudit ouvrage depuis
presque trois ans. Faut'y être bourré de mauvaise foi... Ça*

*prend rien que des Anglais pour penser de même. Pas de saint danger qu'y feraient ça aux hommes, par exemple, les hommes, qui gagnent déjà le double de nous autres pour faire le même travail... Veux-tu ben me dire dans quel monde on a atterri, toi et moi, mon Alma-Rose? Des fois, je pense que mes enfants ont eu raison de retourner d'où ils venaient avant même de se rendre aux portes du monde... Pis notre Da'Bé, enterré dans un cercueil américain dans la terre du père... Dire qu'y est mort un couteau planté en plein cœur. Lui qui l'avait tellement large, ç'a pas dû être trop dur, pour son bourreau, de le trouver... Pis notre Esdras, quand on l'a inhumé, son dernier petit frère. Pauvre homme, il tirait les larmes. Faut pas trop lui en vouloir, Alma-Rose, à Esdras, de pas être venu te voir, c'est loin, le lac Saint-Jean tu sais, Esdras a à peine de quoi survivre, avec son petit qui est venu au monde tout croche, mongol, que le docteur a dit. Y paraît qu'y vivra pas vieux lui non plus, son corps a toutes sortes de malformations. Les Chapdelaine sont faits pour mourir jeunes, on dirait bien, han mon Alma-Rose? En tout cas, moi je lâcherai pas... Je vas vivre encore pour toutes vous autres. Faut qu'y reste un témoin, dans la famille, pour voir ce qui va arriver au pays, Alma-Rose... on peut pas se laisser faire de même ad vitam æternam... on n'est pus chez nous... des Anglais partout, qui nous donnent des ordres, qui s'enrichissent sur notre dos, qui décident de notre avenir à notre place. Fallait ben venir en ville pour voir ça, han Alma-Rose? Sur la terre, on voyait rien. Y peuvent ben vouloir nous garder dans le bois, les gros riches. Comme ça, on peut pas voir ce qu'y font avec notre pays. Crains pas va, ta grande sœur va y voir... Tu grandiras pas dans un pays mené par les Anglais...*

Maria s'égare dans le dédale du temps, elle parle à la petite fille qu'elle berçait les soirs d'hiver en lui chantant des cantiques de Noël. Elle refait ses nattes, lui apprend des comptines, la fait taper dans ses menottes potelées pour scander le rythme des chansons enfantines, lui prépare une tartine de confiture, la câline, embrasse ses bajoues bourrées de

123

*soleil et d'air frais. Puis, grave, revenant à la pénible réalité, Maria parle tout bas, le front appuyé contre le montant de fer glacé.*

*— Alma-Rose, laisse-moi pas, Alma-Rose, chus toute seule dans c'te grande ville qui me dévore avec ses grosses machines d'acier, ses rues trop longues, trop larges, ses édifices qui barrent toutes les portes d'évasion... Va-t'en pas, ma petite sœur, O.K.? On va se trouver un autre appartement, encore plus beau que celui qu'on a là... Je vas t'acheter toutes sortes de belles choses qui te font envie, Alma, des bas de soie, des bracelets, du fard à joue de tous les roses, comme ton beau prénom; c'est moi, Alma-Rose, qui vas faire du temps supplémentaire le soir, pour t'emmener aux vues tous les samedis, veux-tu? Ta grande sœur va trimer pour que tu puisses vivre un peu avant de vieillir, O.K.? Pourquoi tu me l'as pas dit que tu voulais des gâteries, petite sœur, je t'en aurais acheté, moi, je dépensais rien chez les MacDonald... Pourquoi t'as laissé les hommes te gâter comme ça? Tu sais bien qu'à certains hommes, on finit toujours par payer ce qu'y nous donnent, d'une manière ou d'une autre... Pourquoi t'es pas venue me parler de tout ça, mon Alma-Rose? Je les aurais pas laissés, moi, les hommes de la ville, te mettre la mort dans le ventre comme ça...*

*À travers le voile gris de ses larmes, Maria tourne un regard suppliant vers sa petite sœur mourante.*

*— On va vieillir ensemble, O.K. Alma-Rose? Pis je vas te montrer mes cahiers à mon beau François Paradis, je te les ai jamais montrés, mes cahiers à mon amour Paradis, han, Alma-Rose? Tu vas voir comme c'est beau; je vas te raconter notre cueillette de bleuets, à François et à moi, les serments qu'on a échangés, O.K.? Attends donc encore un peu, petite sœur, avant de partir, ta Maria va t'inventer une vie que tu voudras pus lâcher, promis, avec plein de rires dedans, plein de dimanches ensoleillés, plein de fiancés galants, plein... Tu vas tellement l'aimer c'te vie-là, mon Alma-Rose, que tu vas vouloir y rester jusqu'à cent cinquante ans, tu vas voir. Alma-Rose?...*

*La jeune femme a laissé la main rassurante de sa grande sœur pour franchir le portail d'un ailleurs sans retour. Dans le long couloir aveuglant de lumière, elle se retourne en courant, sa robe éclatante de blancheur au vent, et, un énorme bouquet de fleurs jaunes à la main, elle trace un grand salut dans l'air bleu, envoie un baiser d'adieu à Maria, transfigurée par le sourire radieux de l'époque bénie où de folles chasses aux papillons occupaient tout son temps. Puis elle disparaît au loin, enlacée par les ailes irrésistibles d'un néant couleur d'aurore. Un rire sibyllin éclate en mille paillettes, rebondissant en échos mutins sur les murs givrés du couloir incandescent.*

# Chapitre V

# 1976

J'ai jamais été aussi fier... d'être Québécois!...

Rivés à l'écran du téléviseur, Maria Chapdelaine, Zazie Pouliot et Tit-Bob Hamelin boivent, entre deux gorgées de Brador, les paroles du nouveau premier ministre québécois. C'est l'euphorie au centre Paul-Sauvé: au-dessus d'une houle de drapeaux fleurdelysés émerge la sympathique tête de René Lévesque alias Tit-Poil. Maria, surexcitée, bourre les maigres côtes de ses deux acolytes, assis de chaque côté. Dans une quinte de toux, elle jubile.

— Han que j'vous l'avais dit qu'y rentreraient! Han qu'on n'est pas si caves que ça, nous autres les Québécois! Que chus contente... un des plus beaux jours de ma vie... ça valait la peine de vivre jusqu'à quatre-vingt-six ans pour voir ça... y peut ben avoir la tite voix chevrotante, notre René... Lâchons pas! Y nous auront pas vivants! Con-ti-nuons-le, COMBAT! Bon, ben kissé qui veut une autre tite Brador pour fêter ça, là?

Tit-Bob Hamelin rit jaune, se tortille, un peu mal à l'aise dans sa chaise berçante. L'émouvant discours de Lévesque, la clameur enivrante des péquistes entassés au centre montréalais, l'allégresse de Maria et de Zazie lui brûlent la peau comme autant de fers rouges. C'est qu'il a voté Boubou, notre Tit-Bob. Par crainte de la nouveauté. Par crainte de la souveraineté. Par crainte d'un gouvernement dont les politiques s'orientent vers l'*être* plutôt que vers l'*avoir,* lui qui travaille depuis quatre ou cinq ans à l'édification de son cher *avoir.* C'est pour le moins dérangeant, un parti qui parle autant d'identité nationale, de langue, de fierté, de souveraineté; peu rassurant, un discours politique où l'on retrouve à peine les mots *dollars, prospérité, économie, marché, niveau de vie...* À côté de Maria et de Zazie, il se sent un peu traître. Fourbe, il fête une victoire qui est loin d'être la sienne. Et pour rien au monde il n'oserait avouer ses allégeances politiques à Maria. Non pas qu'il craigne les foudres de sa vieille amie, mais plutôt par mépris de lui-même, par honte de sa couardise. Tit-Bob Hamelin, en ce 15 novembre 1976, se sent irrémédiablement *cheap.*

— Haye! Entendez-vous? Ç'a l'air de brasser dans rue! s'exclame Zazie, le rouge aux joues. Le trio se précipite à la fenêtre, de laquelle on peut apercevoir une activité grandissante dans la rue Couillard.

— On y va-tu Maria? Envoye donc, on va te tenir le bras Tit-Bob pis moué!

— Ben moué, Zazie, je voudrais pas casser vot' fun, mais j'ai un rendez-vous important genre neuf heures et demie. Comptez pas trop sur moué là, chus t'à veille de lever les pattes, explique Hamelin, embarrassé.

— Un *rendez-vous important*? Le soir où le PQ arrive au pouvoir? On a TOUS rendez-vous avec notre avenir à soir, monsieur Tit-Bob le businessman, s'offusque Maria.

Tit-Bob ose à peine affronter le regard interrogateur de Maria: il est au bord des larmes. Sa culpabilité le ronge à l'os. Son désistement lui semble comparable à une navrante cérémonie d'adieux. Adieux à ses vieilles amies Maria Chapdelaine et Zazie Pouliot, adieux à sa jeunesse passée en coup de vent, à ses rêves d'avenir meilleur, adieux à son vouloir-être. Tit-Bob se sent vieux, sénile, poltron, abdicataire. Il ne lui reste que la fade perspective d'un bonheur matérialiste, d'une réussite dans les affaires, d'un avenir pépère, bien assis sur un pécule confortable. Son cœur, désert comme une station de

métro à deux heures du matin, porte mal le poids de sa
lâcheté. Son véritable drame réside dans le fait qu'il n'arrive
même plus à concevoir, pour son pays, pour lui-même, une
vie future où les préoccupations de l'être l'emporteraient sur
celles de l'avoir. Comme elle serait déçue, Maria, si elle pouvait visionner le film désolant qui se joue dans l'âme désensi-
bilisée de son vieux jeune ami. Tit-Bob, gauche, salue prématurément la compagnie et se dirige vers la sortie.

— Bon ben j'vous en souhaite une bonne là… on s'appellera cette semaine, han? Foirez pas trop, là… on n'a pus l'âge,
ha!ha!

— T'as même pas fini ta Brador?…

Zazie reste plantée sur le pas de la porte, la bouteille de
bière à la main, ne comprenant plus rien. Tit-Bob a déjà
dévalé l'escalier comme s'il avait la police aux fesses. En
réalité, c'est le spectre de sa démission nationale qu'il a aux
trousses.

— Y est-tu drôle, lui…

— Zazie, j'ai comme l'impression que toi et moi on va se
retrouver toutes seules dans notre trip nationaliste. T'as rien
qu'à regarder qui est là ce soir: toi, moi, pis nos deux, point à
la ligne.

— C'est pas un *trip,* Maria… C'est de toutes nous autres
qu'y s'agit, là, c'est important y'me semble ce qui se passe à
soir…

Maria n'est pas sans ignorer les causes profondes de la
désertion des membres du clan. Pas dupe non plus des démons
qui ont fait décamper Tit-Bob en cinquième vitesse. Elle en a
vu, dans son quasi-siècle de vie, des lâchetés. Mieux vaut pour
le moment ne pas trop penser à tout ça. L'heure est aux réjouis-
sances. Il y a un petit homme là, sur l'écran, capable d'ouvrir à
son peuple une porte qui donne sur la dignité.

— Zazie, sors mes hardes, on s'en va marcher dans rue!

❏

Dehors, la foule déchaînée oublie complètement le froid. Jamais dans l'histoire du Pays de Québec une telle vague de chaleur n'a enveloppé le peuple, en plein cœur de novembre. Des centaines de personnes aux visages épanouis déambulent dans la rue Saint-Jean, se confondant aux bannières bleu et blanc. Des slogans optimistes fusent de partout. *Le Qué-bec-aux-Qué-bé-cois... con-ti-nuons-le, COMBAT!*

Zazie et Maria se sont jointes au défilé. Elles progressent lentement au milieu des cris de joie, dans une entraînante valse de drapeaux. La jeune fille soutient sa vieille amie par le bras.

— Je te promets pas que je vas toffer pendant des milles, ma Zazie, mais fallait absolument que je descende dans rue à soir, tu comprends?

— Mets-en que je comprends, y'a pas un chat qui m'aurait fait manquer ça pour tout l'or du monde... C'est de valeur que Jos Binne soye pogné dans son centre de désintoxi-cation, han? C't'idée, aussi, de se corroder le cerveau à grands coups de caps d'acide. Faut-y pas aimer la vie... Pis ma mére qui est pas yâbe mieux, avec son vernissâge à New York... Est rendue qu'à vit jusse pour le marché américain... *that's where the money is you know?* Ça m'a tout l'air que les tits mononcles yankees accrochent ben gros sus ses scènes folklo-riques-vie-de-nos-ancêtres. Est en train de vendre les images du pays aux mangeux de hamburgers chkré ben. Pis nos deux tantes montréalisées qui donnent pus de nouvelles depuis six mois. Sont-tu si occupés que ça, Pierre-Luc pis Louis-Paul coudon, y'a des limites à mener une carrière époustouflante si les amis comptent pus... Tu dois pas être ben fière de ton ancienne gang, han Maria? Y deviennent drabe foncé kek-chose de rare en vieillissant. Gros-Jean pis sa Luce, eux autres, pourquoi ski sont pas venus?

— Imagine-toi que meussieu Billy Graham version Saint-Pamphile donne dans l'A-politique. Y veut se consacrer à ses œuvres de *chaire,* qu'y dit. Pas le temps de s'occuper des réalités terrestres. Trop de brebis égarées à aller charcher par la laine du cou. Tu devrais voir la cabane à cent mille piasses qu'y est en train de se faire bâtir à Cap-Rouge... Ç'a l'air payant, les moutons pardus; y est rendu avec tellement une grosse bedaine qu'y passe pus dans les portes. Y font dur, Zazie, y font dur. Pis la Hélène avec son avocat qui y'a quasiment défendu de voter PQ. Monsieur vote rouge écarlate, faut que tout le monde en fasse autant. On dirait qu'est destinée à se matcher avec des machos dominateurs, c'te Hélène-là... Ça fait trois fois qu'à lâche un pourri pour en pogner un plus pourri. Elle aime-tu ça, coudon, se faire dire quoi faire pis quoi penser par ses asties de tchommes? À croire que c'est elle qui a inspiré l'inventeur de la poire du même nom... Y font dur, Zazie, y font dur... Dire que c'est avec ça qu'y va folloir bâtir le Québec souverain. MOI, je me croyais sortie du bois. Y fera pas chaud tantôt. Entéka. Nus-autres on est là. Viens-t'en, on va hurler des slogans pour oublier ces branleux-là.

Le cortège avance, s'élargissant à chaque coin de rue, nourri par de nouveaux arrivants. Le ciel, pur, laisse voir ses étoiles comme autant de clins d'œil aux électeurs victorieux. Une magie brille dans le regard de Maria Chapdelaine, émerveillement accru par quelques bribes d'un souvenir réconfortant.

## Journal à François Paradis

*le 22 août 1934*

Mon amour éternel François Paradis,

J'aurais grand besoin du baume de tes baisers, aujourd'hui tout spécialement. Je soigne mes plaies, avec des centaines d'autres de mes compagnes de travail. Nous sommes descendues dans la rue, hier, pour manifester contre nos employeurs qui nous exploitent scandaleusement depuis toujours. Tu aurais dû nous voir, mon François, nous étions quatre mille, dont au moins la moitié de femmes, à marcher dans les rues de Montréal en vociférant notre insatisfaction à la face des patrons oppresseurs. Pendant plusieurs heures, nous avons déambulé, bras dessus bras dessous, en longues chaînes solides; nous tenions des pancartes, nous avons crié des slogans de ralliement, nous avons chanté notre solidarité, nos espoirs communs. Depuis trois ans que je milite dans la Ligue d'unité ouvrière, je n'avais encore jamais vu tel rassemblement, telle manifestation de colère. Sublime complicité! C'est en nous serrant les coudes, mon bel amour, que nous parviendrons à nous faire entendre, n'est-ce pas?

Pour nous disperser, ils ont envoyé des policiers à cheval, les salauds. Ils ont bien pris garde de ne pas montrer leurs hideuses faces de capitalistes exploiteurs. Quels lâches... des hommes armés sur des mastodontes d'étalons. Laisse-moi te dire que plusieurs de ces pauvres bêtes ont pris des coups d'épingles à chapeaux dans le fessier. Seul moyen pour nous d'éviter le piétinement, que veux-tu...

Mon François, je crois bien que ta Maria a ce qu'on appelle une *tête forte*. Ça expliquerait peut-être que mes chapeaux ne veulent jamais tenir dessus? D'où la longueur inusitée de mon épingle. Et pour ma part, à la manifestation, c'est dans le fessier de ces ignobles policiers juchés que s'est plantée mon arme. Plusieurs d'entre eux ne pourront pas s'asseoir pendant quelque temps, je te le jure, mon François. D'un autre côté, moi, c'est des coups de cravache que j'ai pris dans le visage. Et même si j'avais été ruée comme certaines de mes compagnes moins fortunées, je ne me serais pas davantage vengée sur les chevaux: j'aime trop les animaux pour leur faire le moindre mal, eux qui ne nous exploitent jamais.

M'aimeras-tu lorsque nous serons réunis, mon beau François, l'aimeras-tu ta femme têtue et militante? Ou préférerais-tu une épouse tout en douceur, qui ne dirait jamais non, qui te laisserait tout décider, tout penser pour deux...

Ah non, décidément, il m'est difficile de croire que mon grand téméraire puisse vouloir passer le reste de son éternité aux côtés d'une femme voûtée par la soumission. Je t'aime, François Paradis, à qui nulle tempête n'a su donner froid aux yeux.

— Ouais ben y'était temps qu'on revienne, Zazie, ta Maria a les jambes enfoncées dans le corps. Pis chus gelée à part de ça, on voit que l'hiver est pas loin. Sais-tu ce qu'on va faire, toi et moi, pour finir de fêter nos élections comme du monde? On va se faire douze mille ça-va-mieux pis on va se conter des peurs, O.K.?

— All right! Toi, Maria Chapdelaine, tu sais vivre dans le vrai sens du mot. Attends-moi là, je reviens avec les effectifs. Aye, Bovary est-tu sorti aujourd'hui? Y me fixe avec des yeux-bouées qui ont l'air de flotter dans tu-sais-quoi... À part de ça, Maria, j'te l'ai jamais demandé, mais c'est quoi l'idée de donner des noms bizarres à tes animaux? D'où cé que tu sors ça, ces noms à coucher dehors là?

La bringue revient au salon les bras encombrés d'une bouteille de Gordon Dry Gin, de deux verres et d'un carton de jus de pamplemousse, le tout en équilibre sur un contenant de plastique cylindrique rempli de gros glaçons. Installée dans sa chaise berçante, Maria a déjà enfilé ses épaisses chaussettes de laine et jeté son vieux châle noir sur ses épaules. Elle attend Zazie d'un air décidé, sept livres creusant un hamac dans le tissu de son vaste giron. Zazie commence de confectionner les divines boissons qui ont depuis quelques années accompagné les événements heureux les touchant de près ou de loin, elle et son octogénaire co-loc.

— Qu'est-ce que tu fais là avec la moitié de ta bibliothèque sur les genoux Maria?

— Quel âge as-tu, ma Zazie?

— Han? Ben quain, tu le sais ben, j'ai dix-huit ans.

— Que fais-tu de tes journées, ma Zazie?

— T'es drôle toi Maria Chapdelaine, je vas au cégep c't'affaire. Tu devrais le savoir, c'est toi qui m'y envoies depuis un an, la baïonnette dans le dos...

— En quelle discipline étudies-tu, ma fille?

— Coudon Maria, tu parles comme si t'avais dix ça-va-mieux dans le corps, pis j'ai même pas fini de faire ton premier... Est bonne elle... Tu le sais ben que j'étudie en lettres... Tu m'as assez dit que c'était important lire pis écrire. Tu peux pas dire que j'écris pas mieux qu'avant, depuis que je prends tes leçons du samedi matin, Maria...

— C'est vrai. T'écris pus comme un pied. Disons comme un gros orteil. (Rires empêtrés de toux *marktennoise.*) Mais dis-moi, ma Zazie préférée, les noms que j'ai donnés à mes animaux, ça te dit absolument rien?

— Non... je les trouve capotés par exemple. Le mien, je sais d'où y vient parce que tu m'as fait lire le roman de Queneau, mais ceux de tes animaux, fouille-moé...

— Veux-tu ben me dire kossek qu'y te font lire au zoogep?

— Bof, des romans policiers, keuk poèmes que je comprends pas, des petits romans modernes, des affaires de même... Y mettent plutôt l'accent sur l'expression de ce temps-là, Maria. On fait des compositions à tour de bras, y nous disent qu'y faut exorciser notre moi profond afin de parvenir à la communicabilité. *Oh boys,* je les ai-tu les mots de quatorze piasses à soir...

— Je vouâ. Mais y vous donnent-tu les outils pour exorciser votre moi? Y vous font-tu lire des œuvres disons plus... classiques, histoire de vous montrer comment on en est venus à l'expression de notre moi collectif moderne, chais pas moi? T'as dix-huit ans, ma fille, pis tu connais pas *Les Misérables*. Je trouve ça misérable moi-même merci. Tu vas me lire tout ça pis ça presse. Voici, en trois tomes, le fameux roman de notre ami Victor, où tu vas apprendre pourquoi j'ai appelé mes tortues Cosette, Marius pis Gavroche. As-tu remarqué à quel point ces tortues-là essaient de sortir de leur plat à cœur de jour? Bon. Ici, le roman de Gustave Flaubert, qui va t'expliquer trrrès clairement pourquoi mon basset à cervelle d'oiseau m'a fait penser à Charles Bovary. R'gardes-y la face à mon chien pis tu vas tout comprendre. Puis ici, on tombe dans le plus moderne, une pièce de Ionesco où tu vas retrouver mes Bobby Watson. As-tu déjà essayé de distinguer un de mes poissons rouges des autres? Bonne chance. Enfin, ici, ma Zazie, une pièce d'un dénommé Beckett dans laquelle tu vas reconnaître les noms de mes deux perruches. Trouves-tu qu'y tournent en rond pis qui ont toujours l'air de charcher quelqu'un, mes oiseaux? Entéka. Je te donne deux mois pour te déniaiser ma belle. Y'est grand temps que je voie à ton épanouissement intellectuel pôptsitt'fille, va.

— Es-tu tombée sua tête Maria Chapdelaine? As-tu vu la brique de trois volumes? Ça va me prendre deux ans, passer au travers de ça! J'ai jamais lu de romans plus longs que deux cents pages de ma sainte vie. Tu veux ma mort?

— Écoute Zazie, je trouve ça triste rare qu'à ton âge t'aies jamais lu la moindre *brique*. Triste, mais c'est pas de ta faute pis c'est pas irrémédiable. Tu vas me faire le plaisir de t'y mettre le plus tôt possible. Te rends-tu compte que l'année prochaine tu entres à l'université? En lettres en plus? Ah non, moi si tu me lis pas ça avant la Saint-Valentin, je divorce Zazie Pouliot.

Sur ces dernières paroles, Maria avale tout d'un trait le breuvage préparé par une Zazie sidérée qui, elle, ne trouve même plus la présence d'esprit de porter le verre à ses lèvres. Maria ne lui laisse pas le temps de reprendre son souffle.

— Pis après ça, j'aurai d'autres jobs de lecture pour toi. On va passer un bel été Marie-Soleil Pouliot.

Cette fois, c'est au tour de Zazie de vider tout d'un coup le contenu de son verre.

— Ah ben j'ai mon voyage: *Marie-Soleil Pouliot*. Tout un été à lire à part de ça? Tu veux me voler ma jeunesse, Maria Chapdelaine, je le sais, t'es jalouse parce que toi, t'en as passé une dure, han? Dis-lé! Sois franche avec moi une bonne sainte fois dans ta vie!

— Wow les moteurs! On parle pas de même à sa Maria préférée, chérie. Donne-moi un autre ça-va-mieux tant qu'à faire. M'as t'en bûcher une, moi, une jeunesse perdue. J'étais en VIE, madame, quand j'étais jeune. Les jobs de bras me faisaient pas peur. Pis j'en ai milité un coup, une fois dans grande ville. Pis j'en ai faite des jobs plates pis dures. Oui, c'est vrai, je me pavanais pas en jeans de *designer* pis j'avais tellement d'échelles dans mes bas, des fois, un vrai jeu de parchési étampé sué jambes... Mais je vivais, par exemple. Je me laissais pas ballotter par l'existence. Pis je lisais comme une démone. La plus belle chose qu'y m'est jamais arrivée, Zazie, c'est d'apprendre à lire Hugo, Zola, Proust et compagnie. Sans parler de notre littérature à nous autres, qui commence à être drôlement riche. Ah, y'ont pu me faire torcher leurs planchers à une piasse par jour, mais y'ont jamais pu m'obliger à rester ignorante par exemple. J'avais les livres de mon bord. Y'a pas un seul prétexte qui tienne pour rester ignorant. Les livres sont là pour tout le monde, Zazie, même les pauvres.

— Tu me fais rire, toi, Maria Chapdelaine. Tu sacres, tu fumes, tu bois, tu parles gros joual, pis tu rêves quasiment de siéger à l'Académie française. T'es une moyenne contradiction, Maria Chapdelaine. Des fois, je pense qu'y m'en manque des grands bouttes de ton histoire. Je sais presque rien de toi dans le fond. J'aurais tellement de questions à te poser. J'sais pas par où commencer.

— Tu sais que je suis seule au monde côté parenté.

— Ouais. Tu m'as dit que le dernier membre de ta famille, ton frère Esdras, était mort en 1955, pis que son fils mongol avait pas fait vieux os, genre mort à douze ans.

— Tu sais que mon grand amour s'appelle François Paradis, pis que je continue d'y écrire dans des tits cahiers à anneaux sus la machine que vous m'avez donnée pour mon quatre-vingtième anniversaire.

— Ouais, mais tu m'as jamais parlé de tes autres tchommes, sauf le mari mort d'indigestion, pis tu m'as jamais faite lire tes carnets à Paradis.

— Tu sais que j'ai travaillé à Montréal pis à Québec dans des familles, des manufactures pis des magasins.

— Oui, mais la partie à Québec t'en as jamais ben ben parlé...

137

Maria continue sa litanie, comme si elle n'écoutait pas les réponses de son interlocutrice. Les deux femmes commencent à sentir les effets des quatre ça-va-mieux ingérés dans la dernière demi-heure.

— Tu sais que j'adore les animaux.

— Ça oui...

— Tu sais que j'aime me battre pis que je suis pas tournée vers mon nombril.

— Ça pour ça c'est vrai.

— Tu sais que chus péquiste-souverainiste à planche.

— Yes sir!

— Pis tu sais qu'y m'auront pas vivante. Bingo, tu sais à peu près toute. Pis je vas faire un deal avec toi, Zazie Pouliot. Primo, quand t'auras lu les livres que je t'ai demandé de lire aujourd'hui, je te laisserai lire mon premier carnet à François Paradis. *Subséquemment* (oh y'était ben placé celui-là, intercale Maria en toussant de rire), après chaque brique de cinq cents pages que t'auras lue, je te laisserai lire un autre carnet à mon beau François Paradis. Pis c'est pas toute! Voici la cerise sur le sundae: si tu réussis une première année d'université en lettres avec six «A» sur dix notes possibles, ben ma foi, on s'en va visiter en personne les égouts de Jean Valjean, toi et moi, à l'été 78.

— HAN???? T'es sérieuse Maria? Tu vas m'emmener à Paris? Sass-peut-tu? Ousqu'on va prendre l'argent? T'as ben trop peur de l'avion!

— Crains pas pour l'argent, ta Maria a des cachettes; je l'emporterai pas avec moi dans tombe ce pécule-là. Pour ce qui est du gros pit-pit de métal, fais-toi-z-en pas: je vas m'apporter assez de ça-va-mieux pour être capable d'endurer une traversée en Zeppelin s'y faut. Astheure assis-toi confortablement, que je te raconte les boutes *sautés* de ma tumultueuse existence.

# Journal à François Paradis

## MAI 1936 À JANVIER 1963

### *mai 1936*

Mon doux François,

Heureuse d'avoir enfin pris la décision de quitter cette ville où marchent tant de tristes souvenirs sur mes talons à chaque pas que je fais dans la rue. Je suis seule maintenant dans cette mer humaine. Depuis que mon Alma-Rose a quitté ce monde, plus rien ne me retient ici. Et puis, je suis si fatiguée de me battre contre des patrons pourris de mauvaise foi, bien décidés, on dirait, à ne pas céder un pouce de leurs cupides ambitions.

Le vacarme des gros chars, l'air étouffant, les foules toujours pressées ont eu raison de ma patience. Et ces gratte-ciel, toujours plus nombreux, qui poussent comme des mauvaises herbes autour de moi, envahissants. Je ne suis pas faite pour un endroit comme Montréal, pas plus que je ne m'entendais avec le bois, lui et ses tentacules toujours prêts à m'étouffer. Il doit y avoir quelque part un juste milieu, entre le cirque dément de la grande ville et mon ancienne prison d'arbres; il doit se trouver dans ce monde un espace amiable, qui ne cherche pas à me cloîtrer vivante.

Si tu étais là, aussi, je saurais où aller, François Paradis: il me suffirait de suivre tes longs pas...

❑

## septembre 1936

Mon tendre Canadien français pure laine,

Maintenant, je me sens vraiment pure laine moi aussi: depuis mon arrivée, je peux dire que j'habite doublement Québec. On a l'impression d'être plus français, ici. Et comme cette ville me semble petite après la grosse Montréal! Quel pittoresque! Un château, un vrai, au bord du majestueux Saint-Laurent, des fortifications autour des vieux quartiers, des maisons historiques partout, et ces vastes plaines d'Abraham, cernées de toutes parts par les imposantes résidences anglaises! C'est la sérénité, mon François, après le centre-ville montréalais... Les *Québécois de Québec,* comme ils s'appellent eux-mêmes, prennent la vie beaucoup plus sereinement que nos gens de Montréal. C'est vrai qu'ils sont beaucoup moins empilés les uns sur les autres. François Paradis, pour une raison que j'ignore, je ne me sens pas seulement *doublement québécoise,* ici, je me sens *moins canadienne.*

Je n'ai pas eu trop de difficulté à trouver un emploi. J'ai menti, mon François, pour me placer dans cette manufacture, la Dominion Corset (encore un fief anglais!). J'ai joué la veuve nouvellement débarquée en ville, directement du Lac-Saint-Jean. Ils aiment ça, dans le monde industriel, engager des innocentes de la campagne: ça leur permet d'exploiter leur bétail plus efficacement. Tu t'imagines: dix ans de ma vie, que j'ai fait disparaître comme ça, une vraie magicienne ta Maria! C'est bien sûr qu'après mon passage à Montréal, mes activités syndicales, mes démêlés avec le patronat là-bas, mon entreprise de déconstipation chez les industriels westmountains, j'aurais eu de la misère à trouver de bonnes références. En disant que je sortais du bois, je me suis épargné les questions embarrassantes, les recherches sur mon passé dans le monde du travail.

Comme tu l'aimerais cette petite ville, toi, François Paradis. La vieille partie surtout. Un jour, c'est là, tout en haut, près du merveilleux château, que j'irai m'installer. Pour le moment, je dois me contenter d'un logis en basse-ville: c'est beaucoup moins cher que sur les hauteurs. Les Québécois font toute une différence entre la Haute et la Basse ville. Le dédoublement de Québec est loin de se limiter à une question de dénivellation. Cette ville est un symbole vivant des hiérarchies humaines. À certains endroits, les riches peuvent écraser les pauvres d'un seul regard, du haut de leur montagne sacrée.

De sept heures du matin à six heures du soir, François, ta Maria se penche sur une machine à fabriquer des imitations d'os de baleines en métal. Chez Dominion Corset, nous travaillons à soutenir les bustes et les fessiers de milliers de Québécoises! Quel noble but dans l'existence: envelopper les viandes défraîchies de nos bonnefemmes ramollissantes! (Des bourgeoises assurément: les femmes du peuple travaillent trop dur pour avoir le fessier mou et le buste tombant... hé oui, mon François, ta Maria devient irrévérencieuse à force de vivre au bas des côtes...)

Il y a un *foreman* à la manufacture, Fernand Pelletier, un grand bonhomme assez bien tricoté dont le visage s'anime de deux yeux plutôt hardis chaque fois qu'il m'aperçoit, et qui a, comme toi, une peau ensoleillée. Il me conte fleurette depuis mon arrivée à la manufacture. Il dit qu'il me trouve belle *pour mon âge* et que je ne risque pas de sitôt de devenir une cliente de Dominion Corset. Il insiste toujours pour me raccompagner, prétextant les rues *peu sûres* de la basse-ville. C'est peut-être lui, hein mon François, qui est *peu sûr*?

En tous les cas, tant et aussi longtemps que nous demeurons dans des lieux publics, lui et moi, je ne vois pas d'inconvénient à ce qu'il me ramène chez moi. Jusqu'à maintenant, il s'est montré galant. Mais s'il s'avise de vouloir certaines faveurs, je lui dirai qu'à quarante-six ans, moi, Maria Chapdelaine, n'ai jamais eu, n'ai pas et n'aurai jamais d'autre amant véritable que François Paradis de Mistassini.

Eutrope Gagnon, c'était comme la conquête de notre pays par les Anglais: un accident de parcours.

❏

*juin 1937*

François mon François,

Comme tu dois me trouver possessive, avec tous ces *mon* que je t'adresse! Ah oui, je te possède et tu me possèdes, François Paradis. M'est avis que nous sommes embrassés pour l'éternité dans ce duo d'amour *a capella*. Deux voix, en moi, dictent la route à suivre: celle de mon téméraire coureur de bois, et la mienne propre. Dire qu'il y a un peu plus de vingt-cinq ans, j'ai cru entendre les voix de ma destinée. Folies que tout ça! Comme j'étais innocente, comme j'avais peur de les décevoir, *mes hommes,* ceux-là qui me poussaient dans les bras d'Eutrope Gagnon!

Aujourd'hui, François Paradis, pas un homme ne m'attirerait dans ses bras, avec ou sans l'aide de ses semblables. Encore moins Fernand Pelletier, qui commence à prendre un peu trop de libertés avec moi. Il m'a laissé entendre que, lui et le gros patron de la section étant *liés d'amitié,* il pourrait me procurer de l'avancement dans les chaînes de travail. Alléluia! Je pourrais passer de la fausse-baleine de corset au bonnet de soutien-gorge moyennant quelque complaisance. Peut-on imaginer? Ce genre d'*ascension* ne m'intéresse aucunement, François. Je lui ai répété que j'appartenais à mon unique amant. Il a ri de moi, m'a demandé où se cachait le discret amoureux que personne n'a jamais vu, qui ne vient jamais me chercher à l'ouvrage; il m'a traitée de *somnambule amourachée d'un fantôme.*

Comment ose-t-il, avec tant de certitude, m'affirmer que tu es mort, François Paradis? Toi si vivant en moi.

❏

*février 1938*

Mon cher amour de givre,

Quelle douceur que de travailler à longueur de journée dans les friandises. Comme je suis heureuse d'avoir quitté cette horrible manufacture de sous-vêtements pour venir vendre les chocolats de madame Laura Secord. Tu aurais été fier de moi, François mon amour sucré, lorsque j'ai envoyé promener Fernand Pelletier et son cadeau de Noël devant tout le monde à la soirée des employés. Imagine-toi que depuis quelques mois il menaçait de me rendre la vie difficile à l'ouvrage si je ne cédais pas à ses avances. Je lui ai donné un échantillon de ce que pouvait être une *vie difficile* devant les deux mille quatre cents employés de la Dominion. Fernand Pelletier ne m'importunera plus jamais, ni moi ni une autre femme, tu peux me croire.

Ici, nous ne sommes que six vendeuses et un jeune homme qui fait nos livraisons et nos courses. C'est que c'est plaisant, François, d'avoir un homme à son service pour une fois... Les gens qui viennent à nous sont presque toujours de bonne humeur. Il est rare que l'on aille acheter des chocolats parce qu'on en veut au monde entier, n'est-ce pas, mon grand Paradis.

Ah, nous faisons plaisir à voir, avec nos grands tabliers blancs, nos blouses immaculées et nos bajoues rieuses. Sais-tu que nous avons le droit de manger tous les chocolats que nous voulons? Il se peut bien que lors de notre rencontre, François Paradis, tu trouves une Maria dont le corps t'en donnera beaucoup à aimer si ça continue. J'ai déjà engraissé de cinq livres en deux mois! Mes nouvelles passions s'appellent Dunday, Kismet, Secord, Gloria, French Mint... Que d'alléchantes sonorités, n'est-ce pas? C'est un peu comme les noms de mes compagnes, toutes Irlandaises ou Écossaises (je suis la seule Canadienne française ici!): Hughes (il faut prononcer *hiouze),* Healy *(hilé),* Bressenaham (ah là...), Goodfellow (ça veut dire *bon gars),* Malone (*melone,* comme du mellllon de miellll!). C'est la première fois, mon François, que j'aime travailler, que je ne regarde pas incessamment l'horloge en gagnant ma vie. Les gros patrons sont à New York, on ne les voit presque jamais. C'est la *dolce vita,* mon François, pour douze dollars par semaine: plus que je n'ai jamais gagné ailleurs!

Je t'aime François Paradis, et pas à la livre!

❑

*septembre 1939*

Mon grand François pacifique,

Le monde a mal partout. C'est la guerre, mon amour, mon paradis tranquille. Je suis terrifiée. Combien de Tit-Bé, encore, partiront enfouir leur jeunesse dans le sol humide et froid des vieux pays? Je suis la seule au magasin à n'avoir ni frère, ni père, ni amant menacé de mobilisation. Je n'ai que toi au monde, toi mon immobilisé à jamais. Et je pleure, chaque soir, en songeant à tous ces beaux visages d'hommes qui serviront d'engrais aux champs européens. Quatre de mes compagnes ont été demandées en mariage, mon François. Imagines-tu... on épouse les femmes pour continuer de vivre, dans notre monde affolé. Moi aussi, il y a long-temps, je t'ai épousé en injustes noces, pour conti-nuer de vivre...

J'ai la mort dans l'âme, même lorsque je vends mes gais produits. D'ailleurs nous en vendons beau-coup moins, des chocolats, depuis que le monde a tourné au vinaigre. On se prépare au pire. Le temps n'est plus aux sucreries, mon amour Paradis. Mon sourire se fige malgré moi sur mes clients, pour la plupart des jeunes hommes, fiancés éventuels, disparus de demain. J'emballe leur cinq livres de douceurs les larmes aux yeux, c'est plus fort que moi.

Deux grandes guerres dans une vie, ça use le cœur François Paradis.

❏

*décembre 1940*

Mon tendre amour, un joyeux Noël de ta Maria.

Depuis presque un mois, la rue Saint-Joseph s'illumine de partout aussitôt que tombe le jour. Quelle féerie, avec ces gros flocons qui descendent doucement sur les têtes recueillies. Triste mardi que ce 24 décembre. Les derniers acheteurs furètent dans la ouate tout doucement, comme s'ils craignaient de perturber le silence divin qui s'installe depuis trois semaines sur l'écorce du monde. Les cœurs se demandent si les soldats, là-bas, vont continuer de tuer, ce soir à minuit.

Je t'écris sur le bout du comptoir, en attendant de fermer le magasin. Il y a si peu de clients à cette heure. Mes compagnes ont rejoint leur famille pour préparer le réveillon. L'une d'entre elles a eu la gentillesse de m'inviter à célébrer la Noël avec les siens. J'ai accepté. C'est insupportable, Noël toute seule. Ireen a un frère parti à la guerre. Ses parents sont morts d'inquiétude. Ils vont essayer tant bien que mal de préparer un réveillon digne de ce nom pour leur famille amputée. J'espère que ma compagnie saura leur apporter un peu de joie.

Mon plus beau cadeau de Noël, chaque année, c'est de me rappeler que tu as passé ton dernier 24 décembre à marcher pour venir me voir, François Paradis.

❏

*avril 1943*

François mon Paradis,

Le monde semble loin de vouloir s'apaiser. L'effort de guerre se doit de redoubler, avec ces Allemands têtus qui sont en train de massacrer tout ce qui résiste à leurs ambitions mégalomanes. Quel grand malade, ce Führer qui fait porter des étoiles jaunes aux Juifs et qui tue des milliers de pauvres gens pour la seule couleur de leurs yeux. S'il y a un dieu quelque part, mon François, il devait certainement dormir à poings fermés lorsqu'on a procédé à la création de ce Adolf Hitler.

Le pays a besoin de bras pour fabriquer des munitions. Je me suis donc engagée à l'Arsenal de Valcartier pour faire ma petite part. Jour et nuit, je fabrique des balles qui vont aller percer les poitrines de nos ennemis. Beaucoup de Canadiens français refusent d'aller se battre dans cette guerre qu'ils disent être celle de l'Angleterre. Je crois qu'au stade où elle en est, cette guerre est devenue celle de tout le monde, qu'en penses-tu mon François? Le monde entier chavire dans la confusion. Il n'y a guère de place, dans tout ça, pour notre ressentiment local. Un dément personnage, là-bas, veut posséder la terre et faire de nos enfants des petits modèles de la race supérieure, aux cheveux d'or et aux yeux bleus. Peut-on rester indifférent? Quelle sorte de choix avons-nous, mon François?

Je tombe de sommeil. Il faut que j'aille me reposer pour reprendre mon triple quart dans six heures. Je t'aime, François Paradis. Toi, avec ton beau visage bronzé, tes doux cheveux bruns et tes grands yeux d'ambre, tu aurais sans doute été déclassé par les grands décideurs de la pureté raciale. Dors en paix, Maria Chapdelaine veille sur toi. C'est toi, ma race supérieure.

❑

*août 1945*

Mon cher François,

Cette fois, c'est bien fini on dirait. Le monde a repris ses esprits. Enfin, c'est une façon de parler. La guerre s'est achevée dans l'horreur totale. Les Américains viennent de tuer des milliers de Japonais, juste comme ça, en lançant sur leur tête deux bombes atomiques. Deux fois quarante-cinq secondes et le tour était joué. (Qui eût dit que ta Maria Chapdelaine connaîtrait un jour ces mots: *bombe atomique...*) Une fois de plus, le génie de l'homme s'est mis au service de sa destruction. Ils ont appelé leurs terribles armes *Little boy* et *Fatman*. C'est qu'ils ont le sens des vues animées, nos voisins américains.

Le frère d'Ireen n'est pas revenu. Mort sur une belle plage de Normandie qui, normalement, aurait dû n'accueillir que des corps jeunes, musclés, secoués de rires, avides de soleil et enclins aux taquineries de l'amour. Son corps gisait sur des cailloux lisses, si lisses, comme des bonbons sucés depuis un siècle et recrachés par la bouche capricieuse de l'océan.

J'ai quitté l'arsenal, Valcartier, et tout ce qui de près ou de loin peut ressembler à la vie militaire. Mon effort de guerre est terminé. Je ne suis pas convaincue que tout ça ait valu la peine. Pas du tout. Bien sûr, il a fallu se défendre. Mais s'il n'y avait pas eu de mégalomanes pour attaquer, nous n'aurions pas eu à nous défendre. Et s'il n'y avait pas eu Adolf Hitler, quelque chose me dit qu'il y aurait eu un autre mégalomane pour attaquer. L'humanité me fait parfois penser à un gros chien désœuvré qui court après sa queue. Les hommes tricotent depuis des siècles une histoire redondante, l'histoire la plus ennuyeuse jamais inventée, celle de leur incompatibilité avec eux-mêmes. Je suis si fatiguée de leur inaptitude à vivre en paix. Si fatiguée de tout. À cinquante-cinq ans, François Paradis, je me sens comme une centenaire. J'ai l'âme percluse de chagrins insensés. Tout mon être, on dirait, est en proie à une mutinerie visant à miner mon désir de vivre.

Il faut que je me repose de l'ineptie humaine, que je me refasse une santé spirituelle. Dormir. Je n'aspire qu'au sommeil, dans tes longs bras de soleil. Tu es mon armistice, mon temps de paix, François Paradis.

❏

*février 1948*

Mon bel amour, mon paradis d'après-guerre,

Trois ans déjà que l'humanité s'est calmée. Tout le monde a repris le cours d'une vie normale. Les frères, les pères, les fiancés sont revenus au pays, éborgnés, éclopés, ébréchés pour le reste de leurs jours. La société, les gouvernements leur ont fait un bien piètre accueil. On ne leur a même pas laissé un pantalon pour couvrir leur derrière, à nos courageux soldats. Ils ont dû rentrer chez eux vêtus des hardes envoyées par les femmes de la famille. Les chanceux restés au pays, qui s'étaient mariés en catastrophe ou gavés d'aspirine pour faire battre leur cœur de sans-cœur pendant l'examen médical, qui s'étaient fait passer pour myopes irrécupérables ou pour épileptiques dangereux, ont accaparé les emplois dignes de ce nom pendant que les valeureux serviteurs de Sa Majesté se faisaient trouer la peau sur le vieux continent. Plusieurs de ces opportunistes, même, sont devenus prospères grâce à la guerre. Il y a quelque chose d'indécent là-dedans, François Paradis.
À la cafétéria où je travaille, dans une industrie de pâtes et papier (on l'appelle l'Anglo Pulp and Paper: c'est la seule grosse industrie cracheuse de fumée polluante à Québec), j'ai fait la connaissance de plusieurs hommes récupérés par l'après-guerre, des hommes qui ont dû à leur retour d'Europe se contenter des quelques postes disponibles, des miettes que ces messieurs les *non-impliqués* dans le conflit mondial ont bien daigné leur laisser. Plusieurs sont malheureux d'avoir à faire un travail abrutissant, peu valorisant, eux qui étaient officiers ou instructeurs dans l'armée. En plus, il a fallu

qu'ils démontrent des aptitudes à s'exprimer en anglais pour obtenir ces sous-emplois, ici, à Québec, en plein cœur du Canada français. Dans quelle sorte de pays vivons-nous, François Paradis? C'est l'ineptie humaine qui continue sous le masque de la paix.

Mes clients à la cafétéria, des hommes pour la plupart, m'aiment beaucoup. Ils me trouvent maternelle. Ils m'appellent *môman Maria*. À ceux qui sont allés faire la guerre, et seulement à eux, j'accorde des petits spéciaux: boule supplémentaire de patates pilées, petit pain extra ou double portion de dessert. Pour compenser leurs cinq ou six années de mouton raide, de galette rassise et de soupe froide saveur de tôle rouillée. Ces gars-là se sont usé le cœur prématurément à la guerre: ils méritent bien quelques douceurs. À ceux qui sont béatement restés au pays et aux patrons anglais je sers du régulier sans compromis. Ces drôles-là sont assez gras comme ça.

Tu me trouves méchante, mon François? Sache seulement que ta Maria a une sainte horreur des larves qui tirent leur subsistance du sacrifice des autres.

C'est probablement pourquoi je t'aime tant, François Paradis. Toi, tu as oublié ton corps dans la neige pour rejoindre le mien.

❑

*13 septembre 1955*

Mon beau François,

Que n'es-tu avec moi en ce jour de mon soixante-cinquième anniversaire? Comme j'aimerais que tu m'embrasses tendrement sur la joue en murmurant *bonne fête chérie.*

La société a décidé que je pouvais m'arrêter de travailler, mon François. Je recevrai des gages de Sa Majesté, à ne rien faire. Est-ce possible mon Dieu, une gratuité? Quelles largesses, Sa Majesté! Avec l'argent que j'ai pu tirer de la terre léguée par Esdras, je devrais pouvoir vivre décemment sans avoir recours à la charité.

Depuis quelque temps, mon François, je suis vraiment la seule rescapée de la lignée de Samuel et Laura Chapdelaine. Je porte sur mes épaules le poids de toutes ces disparitions qui font de moi un être seul au monde.

On m'a fait une fête à l'Anglo Pulp; ça faisait dix ans que j'y travaillais. Les gars étaient tristes de me voir partir. J'ai bien dit à ma remplaçante de choyer les vétérans. Je lui ai laissé ma liste de chouchous et j'ai l'intention de venir fouiner de temps à autre afin de m'assurer que la nouvelle dorlote convenablement les estomacs de mes anciens *maudits soldats* préférés. (Dire que c'était là la façon dont les gens de *bonnes mœurs* appelaient les défenseurs de leur pays…)

Pour mon départ, on m'a donné un superbe dictionnaire illustré en cinq volumes. Quel trésor! Ils connaissaient bien mon amour des mots, les gars de la *choppe,* même si à l'occasion ils se moquaient de mes efforts pour nourrir leur vocabulaire tout en remplissant leurs assiettes. Ils ont perdu tant de nos beaux mots français, nos vétérans, à force de passer leur jeunesse en Angleterre, à force de travailler pour des patrons qui ne savent donner des ordres qu'en anglais. Grâce à mon harcèlement, il n'y a plus un seul travailleur, là-dedans, qui demande encore des *tchoppes de lard,* mon François. J'aurais peut-être fait une bonne institutrice.

Avec ce merveilleux cadeau d'adieux, je trouverai d'autres mots, plus justes, plus beaux, pour t'écrire mon amour, François Paradis.

❏

*novembre 1958*

Paradis, mon François,

Depuis que je n'ai plus à gagner ma vie, je m'occupe à gagner mon ciel! Il y a tellement de gens à aider ici, en basse-ville: des mères nécessiteuses, des chômeurs, des orphelins, des alcooliques, etc. J'appartiens à une organisation de bienfaisance qui prend le plus clair de mon temps. Que peut-on faire de mieux lorsque la société nous met au rancart? Je dois t'avouer que ma nouvelle dévotion se voit largement récompensée la plupart du temps. C'est si gratifiant, ces visages taillés dans la pierre du malheur, et qui s'épanouissent au seul contact d'une main amie. Je me réconcilie tranquillement avec l'humanité.

Je remarque que de plus en plus de gens autour de moi font des efforts pour s'en sortir. De plus en plus de gens, aussi, fréquentent l'école, plus longtemps. C'est merveilleux, cette instruction obligatoire de monsieur Godbout. On commence à en voir les résultats un peu partout, même chez les défavorisés. Quelle façon de prendre son avenir en main: s'instruire. On dirait que tout le pays se réveille comme un gros mammifère après une longue hibernation. Moi-même, mon beau François, je prends des cours de rattrapage trois soirs par semaine. Mon but est d'acquérir les équivalences pour un diplôme de cours secondaire. Et après ça, qui sait... Je connais des gens ici qui se trouvent trop vieux pour retourner sur les bancs de l'école. Je me dis que même si on ne va pas à l'école, on vieillit, n'est-ce pas? Moi, François, je veux mourir instruite. Et puis, je me sens rajeunir à mesure que la science entre en moi. C'est magique. Si je continue d'étudier, je vais me retrouver jeune fille! Notre peuple commence à comprendre quelles portes peut ouvrir l'instruction, je crois. Si on persiste dans cette voix, monsieur Duplessis ne fera pas de vieux os. Il est tellement abhorré, ce dictateur, qui *fait manger les évêques dans sa main,* et qui leur lèche le cul en retour. Tu me pardonneras ce gros mot, mon François, ce n'est pas dans mes habitudes de t'écrire sur ce ton, mais quand il s'agit d'un être aussi vulgaire que ce Maurice Duplessis, aucun langage ne me semble trop roturier. Tant et aussi longtemps que ce vendu restera à la tête du pays, nous serons bloqués à l'âge de pierre. Au Pays de Québec, tout va mourir si rien ne change.

Quelque chose me dit que ce n'est pas en améliorant notre avoir que nous deviendrons une vraie nation un jour, mais plutôt par une affirmation de notre être. Et pour être, il faut savoir.

Sur ces propos philosophiques je m'en vais coucher mes vieux os, mon grand François. Demain, il me reste beaucoup de devoirs à faire avant le prochain cours.

Ta Maria est en neuvième année, François Paradis. Tu as toutes les raisons de l'aimer et d'être fier d'elle.

❏

## fin de septembre 1959

Ah! cher Paradis de mes amours!

Je rajeunis à vue d'œil! C'est du moins ce que me disent les nouveaux amis que je suis en train de me faire dans le Vieux-Québec. Tous beaucoup plus jeunes (physiquement) que ta Maria. La jeunesse m'attire comme un aimant depuis que je sens un vent de renouveau souffler sur le Québec.

Je suis déménagée dans un quartier de la haute-ville presque aussi défavorisé que celui où j'étais en basse-ville. J'habite maintenant dans Saint-Jean-Baptiste, un quartier fait pour l'entraide et le partage. Beaucoup de jeunes désargentés s'installent ici; les logements y sont abordables, mais dangereux car vieillissants et mal entretenus par des propriétaires usuriers (ceci résonne comme un pléonasme). L'hiver, surtout, avec tous ces incendies terribles, il y a beaucoup d'ouvrage pour les âmes bénévoles comme ta Maria.

Ici, j'ai rencontré de sympathiques jeunesses qui s'intéressent aux livres, à la musique, au vin. J'ai fait la connaissance, entre autres, d'un dénommé Jos Binne, un jeune homme qui a tout plaqué de sa morne existence de vendeur pour s'adonner à la vie de bohême. Il se laisse pousser les cheveux, s'habille de peaux et rêve de demeurer libre comme l'air jusqu'à sa mort. D'une certaine façon, il me fait penser à toi, François Paradis.

Nous avons fêté dignement le décès du tyran Duplessis dans les chansons, l'alcool et la poésie. Quel mois de septembre! La disparition de Maurice

Duplessis, c'est un bien beau cadeau d'anniversaire pour ta Maria.

Je t'aime tant. Viens avec moi dans ma deuxième jeunesse, François Paradis.

*22 juin 1960*

Cher amour Paradis,

Quel jour mémorable! Bientôt, nous serons *Maîtres chez nous!* Un parti jeune, une *équipe du tonnerre* vient d'être élue à la tête du pays. Enfin, l'archaïque Union nationale a fini par tirer sa révérence. Duplessis est mort, et avec lui son remplaçant. Nous étions mûrs pour un changement, si j'en crois ces deux disparitions coup sur coup. La parole est aux *Québécois.* Car c'est ainsi que nous nous appelons, désormais. Non plus *Canadiens français,* cette espèce de demi-titre qui nous rendait jumeaux des Canadiens anglais, un peuple qui n'a absolument rien en commun avec nous si ce n'est quelques bricoles comme la monnaie, la poste, l'armée, et bien sûr le morceau de terre qu'il a pris à nos ancêtres.

Ce monsieur Lesage respire la jeunesse. Dans le quartier, quelques vieilles peaux (m'entends-tu parler, moi, avec mes presque soixante-dix ans...) le traitent de *communiste.* Juste parce que sur les affiches électorales il apparaît sur fond rouge. Imagine... Ils ont une peur bleue de tout ce qui est rouge. Les curés, suppôts de Duplessis, ont bien ancré leur enseignement dans les esprits obtus de ces proies faciles.

Je suis heureuse et je me sens revivre. Notre épanouissement est amorcé. J'aimerais que tu voies ça, François Paradis mon grand amour écarlate.

❑

*janvier 1963*

François Paradis, comme tu as dû souffrir du froid dans cette maudite tempête qui t'a emporté...

Dans mon appartement, des rafales s'infiltrent un peu partout; parfois, même, des flocons poussent l'indiscrétion jusqu'à pénétrer par les interstices des fenêtres mal ajustées.

J'ai froid.

Le propriétaire de cet immeuble appartient à la race de salauds dont je t'ai souvent parlé: ces larves qui sucent leur existence à même la souffrance d'autrui.

Dans de terribles circonstances, j'ai fait la connaissance d'Hélène Hudon et de Mariette Pouliot. Hélène, une jeune voisine enceinte qui habitait la même rue que moi, a passé au feu la veille de Noël. L'espèce de musicien raté qui est le père de son enfant venait de la quitter pour la nième fois, faute de pouvoir prendre ses responsabilités de géniteur. Mariette habitait juste à côté. Son appartement a été la proie des flammes, lui aussi.

Nous faisions un réveillon frugal, Jos Binne et moi, lorsque nous avons entendu des cris dans la rue. Les pompiers ont mis du temps à arriver. Que veux-tu, la nuit de Noël... La pauvre Hélène, en robe de nuit, gesticulait à sa fenêtre du troisième étage, complètement paniquée par la montée des flammes. À la fenêtre d'à côté, Mariette hurlait, sanglotait, portant une fillette à bout de bras, suppliant quelqu'un, en bas, n'importe qui, de venir chercher sa petite. Terribles cris que je n'oublierai jamais: «ma tite fille!... s'y vous plaît!... ma tite fille, quelqu'un, v'nez chercher ma tite fille, s'y vous plaît, ma tite fille!...» Le mari travaillait de nuit. Enfin, c'est ce qu'il lui avait raconté. On a appris plus tard qu'il faisait bombance avec ses copains dans un bar à spectacle douteux. Monsieur voulait se payer un Noël topless. Que les hommes peuvent donc être minables des fois.

Quelle angoisse, rester là, en bas, ne rien pouvoir faire, devoir attendre les sapeurs pendant que deux femmes risquent de prendre en feu. Il ne sortait pas un son de la fillette, terrorisée. Heureusement, les pompiers sont arrivés avant l'irréparable. Avec la grande échelle, ils sont allés chercher les trois pauvresses. Nous les avons accueillies, Jos Binne et moi, en attendant qu'elles se relogent. Tous les cinq, nous avons passé ce que j'appellerais volontiers l'un des plus beaux réveillons de ma vie. Je me suis instantanément liée d'amitié à cette fillette de quatre ans, Marie-Soleil (quel beau prénom, il me fait penser à toi; mais dis-moi, François Paradis, qu'y a-t-il de beau sur cette terre qui ne me fasse pas penser à toi...), qui a ri une bonne partie de la nuit à essayer de prononcer mon nom: c'était Maria Sadalaine, Marie Chat-de-laine, Maria Sac-de-lin, Scapdelaine, Chaptilaine... Au moment de se mettre au lit, elle m'a regardée de ses grands yeux ténébreux, m'a tendu ses menottes froides sans aucune réserve et m'a demandé, de sa petite voix flûtée: «Toi, Maria Chapdelaine, veux-tu être ma grand-maman pour toujours?...»

Il n'y avait aucun défaut de prononciation dans mon nom.

Oh que oui, ma belle enfant, je serai tout ce que tu voudras *pour toujours*. Jamais on ne m'a fait demande plus touchante, à part François Paradis mon amour, qui m'avait demandé de l'attendre...

— Astination, Maria, tu me fais brailler... Jamais rien entendu d'aussi beau. Aye, y'est quatre heures du matin, Maria. Te rends-tu compte que tu viens de me raconter vingt-cinq ans de ta vie? On se peut pus, han? Maudit que j'aime ça tes histoires, Maria. Je t'écouterais toute la nuitte. Tu devrais l'écrire, ta vie, Maria Chapdelaine. Encore un p'tit ça-va-mieux? C'est notre deuxième vingt-six onces de dry gin, envoye Maria y'a rien de trop beau, on est en train de vivre un moment historique: Tit-Poil not' Moïse va nous emmener à la Terre promise, pis je dis pas ça en farce, là. Chus sérieuse comme une papesse. En parlant de bondieu-series, tu m'as toujours pas dit iousque t'avais appris à sacrer comme un démon emprisonné dans un tabernacle, toi Maria?

— Où tu penses que j'ai appris ça, ma pauvre Zazie... J'ai travaillé dans des manufactures pendant trente ans ou presque. C'est pas du Racine qu'on déclame à cœur de jour là-dedans. Les filles parlent haut et vert merci. Y'a pas meilleure école de sacrage que la choppe, Zazie Pouliot.

— Ouais mais ta religion? Dans ce temps-là, on allait drette en enfer pour le moindre *tabarnak*?

— Ma religion? Vers l'âge de trente ans, j'ai tout sapré là. Je me trouvais maladie par-dessus maladie, prétexte par-dessus prétexte pour manquer la messe par chez nous, pis quand chus allée à Montréal, le problème s'est pus posé.

— Qu'est-ce qui t'a faite virer ton capot de bord, donc? Me semble que dans le temps, tout le monde pratiquait, sur-tout dans les campounes.

— Vers l'âge de trente ans, Zazie, j'ai compris, c'est toute.

— T'as compris QUOI?

— Qu'on est tu-seuls au monde avec nos peines, nos espoirs, nos ambitions pis not' sac à viande. Que le bon Dieu pis sa gang, c'est des amuseurs publics inventés par les crosseurs de l'humanité pour faire avaler leur existence pourrie à ceux qu'ils veulent dominer.

— Coudon, toi, Maria Chapdelaine, t'aurais pas lu les histoires à Jos Binne, tu sais les briques qu'y trimbalait sous le bras quand y'était dans sa période beatnik?

— Pas dans ce temps-là, c'est sûr. C'était même pas écrit. Mais depuis, ma chère Zazie, j'ai lu tout Sartre et la chair ne s'en trouve pas plus triste.

— Qu'est-ce que tu racontes là donc toi... Entéka Maria, j'ai jusse une chose à te dire en parlant gros livres sérieux; faut que je te le dise astheure que j'en ai le courage, avec douze ça-va-mieux dans le corps: j'ai une peur bleu marin de l'université. Je sens que je serai jamais capable, Maria... Les boles qui doivent étudier là-dedans, y vont toutes me trouver niaiseuse... Jusse le terme *institution de haut savoir* me donne la chair de poule.

— Zazie, ô ma Zazie, toi tu m'émeus vrai. Sass-peut-tu... Elle a peur de l'université. Si j'étais toi, j'entrerais à l'université la tête haute. Tu vas péter des scores c'est promis, surtout quand j'aurai fini ton éducation côté lecture-écriture. Qu'est-ce que tu veux... y faut ben y aller à l'université pour avoir un diplôme, parce que les autodidactes, vois-tu, on leur reconnaît aucune compétence officielle dans notre société.

— Maria?

— Mmm?

— J't'aime en sacrement.

## CHAPITRE VI

# 1978-1980

— Maria Chapdelaine, sors ton dry gin, ta Gravol pis ton parachute!

— Han? Qu'est-ce que tu me racontes là, toi là?

— On s'en va dans les Europes, astination! J'ai eu HUIT «A» pis deux «B»! Quain, regarde-moi ça c'te beau relevé de notes là, ma Maria! *Pârisse, here we come!* Y'a rien de trop beau pour les étudiantes vaillantes! J'aurai donc vingt ans za Pâris, mon amie!... À part de ça, j'ai droit à deux autres carnets à ton Paradis parce que je viens de me taper deux autres volets des Rougon-Macquart... Yiiiâhhhouh! JE ME PEUX PUS! Vive la littérature!

Maria Chapdelaine, allongée sur le sofa, enveloppée dans une couette bleu poudre, émerge de l'un des petits sommes réparateurs de plus en plus nombreux au cours de ses journées de quasi nonagénaire. Elle prend dans ses mains tremblotantes le papier tendu par sa protégée, le colle, ou presque, sur ses vieux yeux coquets anti-prothèses, puis, buée dans la rétine:

— Ouais... coudon ma Zazie, chus fière de toi rare. Mais certainement pas surprise par exemple. Intelligente comme un singe comme que t'es, pas surprenant que tu te sois gagné un voyage dans la mère patrie, ma belle. Je te félicite, ma fille. Tu me fais un vrai plaisir, là. J'ai rarement eu de si beau cadeau. Astheure, tu vas t'occuper des billets pis de toutes les diguedis qu'y faut arranger pour notre périple au pays de

mam'Bovary. On va aller voir le tit mononcle de la Caisse
Pop pour commencer, ma Zazie… Sors mes hardes.

Bovary, ayant perçu son nom entre deux tirades chapdelai-
niennes, étire le cou paresseusement, affalé sur ses coussins
comme un pacha en pleine digestion. Sentant l'air de réjouis-
sance amené par l'arrivée en trombe de Zazie, il daigne se
lever, s'approche jusqu'à la jambe de la jeune femme pour y
imprimer sa marque officielle de congratulation: coup de truffe
humide «je le savais, va, que tu réussirais, bravo lâche pas, on
est avec toi». Didi et Gogo s'excitent dans la cage. Leurs cris
percent les oreilles. Les plumes volent. Les grelots s'affolent
comme les cloches de Quasimodo en pleine matinée pascale:
«skilé-Godot-bravo-bravo! Skilé-Godot-bravo-bravo!» Les tortues *misérables* accueillent la nouvelle d'un flegme tout britan-
nique; leurs minuscules têtes rayées, sorties de deux bons pouces, tournent lentement comme autant de périscopes sondant les
alentours, regards éberlués devant l'exaltation zazienne. Quant
aux Bobby Watson, ils félicitent la performante universitaire de
leurs habituels bisous muets MOUIK MOUIK.
— Zazie?
— Mmm?
— T'appelleras ta mère pour y annoncer ça.
— Bof! Plus tard! On verra! Viens-t'en.


❑


— Vous avez accumulé près de vingt mille dollars à partir
de votre dépôt initial, fait, si je lis bien ici, en 1955. Combien
aimeriez-vous retirer, madame Chapdelaine?

Derrière son bureau simili-chêne, entouré de simili-murs, hor-
ribles panneaux de tapis légèrement arrondis posés sur deux pieds
de métal chromé, l'employé de la caisse populaire, malingre
comptable dans un habit étriqué, aux cheveux aussi rares que gras
et à la voussure d'apothicaire, manipule de ses mains blanches,
osseuses et moites les avoirs de papier de sa cliente.

— Assez pour aller passer deux semaines à Paris avec ma petite-fille ici présente.

— Bon, euh, ça dépend de quelle façon vous voulez voyager. Désirez-vous voir la ville-lumière dans le grand luxe ou plus humblement?

— Ben je vas vous dire franchement, nous autres Zazie et moi, ce qui nous intéresse, c'est la littérature. On veut aller voir les vrais endroits qui sont décrits dans les romans qu'on a lus: les tombes des auteurs, les égouts...

— Les quoi?

— Les égouts de Paris, là où Jean Valjean a traîné Marius pendant des milles, vous savez, *Les Misérables*?

— Euh, je dois vous avouer que je ne lis pas beaucoup ces temps-ci...(petite toux embarrassée, teint vert). Euh, que diriez-vous de cinq mille dollars, quitte à remettre à votre solde l'argent non dépensé? Vaut mieux prévoir; Paris coûte cher d'après ce que je comprends. Alors, on dit cinq mille?

— Ouain, bon, qu'est-ce que t'en penses, Zazie? Y est temps que je dépense c'te magot-là avant de passer l'arme à gauche, han? Quand je pense qu'avec l'argent de la terre paternelle, on va se payer un retour à la terre des ancêtres, est bonne, han Zazie? Oui, d'accord monsieur, cinq mille, rien de trop beau pour mon premier et dernier voyage en terre française.

Zazie, tassée sur sa chaise en simili-tweed, regarde Maria tristement. «Toi, Maria Chapdelaine tu vas pas me faire le coup de mourir. Tu mourras jamais, Maria... Je veux pas que tu meures avant moi. Pas question, Maria Chapdelaine, t'es ma grand-mère, ma mère, ma sœur, ma tchomme de fille, t'es toutes les femmes que j'ai jamais aimées», songe Zazie, la vue embrouillée par un mince film de larmes.

— Allons, Mademoiselle, souriez, Paris à votre âge! Vous en avez de la chance d'avoir une grand-mère comme Madame! lance le préposé aux retraits d'envergure en barbouillant des feuillets de chiffres.

«Souriez mon cul», pense Zazie, en esquissant un pâle rictus figé style marionnette de l'air.

## Journal à François Paradis

*18 mai 1978*

Mon tendre amour,

Bientôt nous serons réunis, je sens nos retrouvailles chaque jour plus imminentes dans mes vieux viscères. Depuis environ un an, ta Maria vieillit plus vite, on dirait. Ce n'est pourtant pas faute d'activités rajeunissantes. Je m'adonne toujours avec autant de zèle à un bénévolat de quartier, à ce point que dans le Vieux-Québec, on m'a surnommée *Maria Samaritaine*. Je suis entourée de jeunesses à cœur de journées. Tellement de braves garçons et de braves filles, ici, qui ont du cœur au ventre, des intelligences pétillantes, des talents de toutes sortes et des ambitions fort honorables, mais qui manquent d'un support matériel adéquat. On dirait que les dieux de l'argent ont tout donné aux oisifs sans envergure dans ce bas monde.

Pour rajeunir mon vieux corps, il y a aussi ma Zazie, une vraie fontaine de Jouvence, intarissable, un gros soleil rond partout dans l'appartement, même dans le plus creux des mois de novembre. Elle s'est sérieusement mise à lire, ma protégée. Quelle joie de la voir découvrir de nouveaux auteurs chaque semaine... Elle n'a fait qu'une bouchée du monde universitaire, l'a apprivoisé en quelques mois. Ah, mon François, j'avais bien raison, sa seule peur résidait dans le fait d'affronter un univers inconnu. Elle ira loin, ma Zazie.

Hier, nous sommes allées à la banque régler quelques affaires de testament. Quand je te disais que je sens le poids de l'âge... Zazie ne voulait rien entendre du mot *testament,* elle pestait pendant que je faisais préparer mes papiers. Il fallait bien que je m'en occupe un jour ou l'autre. C'est ma Zazie, tu t'en doutes bien, qui héritera des quelques dollars que j'ai pu accumuler depuis cinquante ans. Avec cet argent, j'aimerais qu'elle passe toute sa vie à étudier. Imagines-tu, mon coureur de bois adoré, toute une vie à apprendre, à n'avoir pour véritables complices que les livres? Quel rêve...

Devine quoi. Ta Maria s'en va traverser l'océan pour rendre visite au vieux continent, au pays d'où nous venons. Zazie est folle de joie. Quand nous serons là-bas, nous irons nous recueillir sur les tombes de nos auteurs préférés. Toi, François, tu viens avec moi: je t'emporte dans ma valise, il va sans dire. Nous flânerons, toi et moi, sur les grands boulevards; nous irons nous encanailler dans le rouge Pigalle et siroter des cafés corsés dans le Quartier latin.

Je t'aime chaque jour davantage, depuis soixante-dix ans, François Paradis. Serai-je bien capable de m'envoler à ta rencontre le matin de nos noces, avec ce gros paquet d'amour accumulé en moi?

— Ouf! Je suis si fatiguée, Zazie, je ne m'endors même pas... J'ai les idées plutôt mélangées, à part ça. Est-ce Dieu possible, on a survécu. C'était beau, hein, les nuages, en bas? De vrais champs de ouate, comme ils me l'avaient décrit, Jos Binne et Tit-Bob. Puis les ça-va-mieux gratuits, je ne dis pas non. Ils sont pas mal généreux hein, dans les avions? Ils n'arrêtent pas de nous gaver. Petit repas par-ci, arachides par-là, apéro, digestif, petit déjeuner, re-arachides ou biscuits sucrés. M'est d'avis qu'ils tiennent à ce qu'on s'écrase ferme si l'avion tombe... Pas de quartiers maigres! Quelle heure est-il avec tout ça?

— Y'est huit heures du matin, mais y'est deux heures de l'après-midi. Moué, j'en peux pus Maria, je m'écrase dans le lit kek' zheures. Ça te dérange-tu?

— Pas du tout, pauvre jeunesse fragile! Maria va aller faire un tour sur le boulevard Montparnasse. Maria est surexcitée de se retrouver tout près de ses héros, de ses idoles. Pas question de roupiller, mon pote. Je tomberai comme une masse ce soir, qu'à cela ne tienne! Pour l'instant, je me sens comme une jeune poulette. J'ai retrouvé mes jambes. Te rends-tu compte? On a échoué dans le quartier préféré des Sartre-de-Beauvoir. Tout à coup je les verrais dans la rue?

— Y paraît qu'y sort pus trop trop not' Jean-Paul. Y se fait vieux. Y'a comme qui dirait un œil sur l'être et l'autre sur le néant.

— Hé bien toi, Zazie Pouliot, t'es pas mal sarcastique par exemple. J'accepterais bien d'avoir les deux yeux qui jouent au billard si j'avais ce que Jean-Paul Sartre a entre les deux oreilles, ma chère.

— Tu me fais mourir de rire, Maria Chapdelaine. As-tu remarqué que, depuis qu'on a posé le gros orteil sur le sol de nos ancêtres, tu *perles*? C'est fort en sacrement, han, l'appel du beau frônçais de Frônce? Ç'a traversé deux siècles de parlure épaississante en huit heures!

Zazie s'écroule avec sa valise sur le lit non défait, renâclant d'hilarité, devant une Maria jugulée sur le pas de la porte, songeuse.

— Coudon, moi, je souffrirais-tu d'un dédoublement de personnalité par hasard? s'inquiète intérieurement la voyageuse.

❑

Maria et Zazie sont descendues à l'hôtel Michel, dans l'étroite rue Odessa, un deux étoiles qui se dresse à quelques pas du boulevard Montparnasse et à cinq cents mètres à peine de la fameuse Coupole, classée plus grande brasserie européenne. Il s'agit d'un restaurant du quotidien abondamment évoqué dans les écrits de Simone de Beauvoir, l'une de ses plus fidèles adeptes et idole féministe *numero uno* de Maria Chapdelaine. À lire la façon dont les géniteurs de l'existentialisme décrivent le célèbre repaire, l'on croirait avoir affaire à quelque gargote aussi humble que sympathique où des habitués travaillant dans les environs viennent journalièrement se restaurer à peu de frais. C'est là, du moins, l'impression que Maria a retirée de ses lectures beauvoirdiennes.

Elle chemine lentement, n'ayant pas assez d'yeux pour voir tout ce que le large boulevard offre de cafés, de cinémas, de magasins, de noble architecture pierreuse, de colonnes Morris. Subitement, elle débouche sur la Coupole. Son cœur fait deux bonds. L'estomac s'invente un petit creux. L'idée d'aller casser la croûte dans les mêmes lieux que la toute internationale écrivaine fait tituber Maria d'intimidation. «Et pourquoi pas? Manger là ou ailleurs... Il doit bien y avoir là d'autres clients, comme moi, de sombres inconnus, mangeurs anonymes. Ma robe à pois est bien assez belle pour l'occasion. Un restaurant où on bouffe tous les jours, ça doit tout même pas être si chic...»

D'un pas énergique, elle fonce vers la porte et s'engouffre dans la brasserie, peu consciente de ce que certains mots, pour les cousins de France, peuvent correspondre à des réalités tout à fait différentes de celles désignées par des mots jumeaux nord-américains. Dès son entrée, elle se voit happée par un hystérique maître d'hôtel, gringalet pesant tout au plus cent vingt livres, mouillé, objet volant identifié tout-de-noir-vêtu-nœud-papillon-smoking-à-l'appui. «Madame est seule? — Une petite table pour Madame, Jules! — Voilà ma p'tite dame! — Bon appétit!» Et ffffuit! Le coup de vent virevolte à cent milles à l'heure, pivotant sur les talons, s'énervant ferme et déclenchant par un claquement de doigts sec l'arrivée d'un essaim de mignons serveurs tout-de-noir-vêtus-nœud-papillon-smoking autour de la *p'tite dame* qui, à ce moment-là, donnerait bien les trois dents qu'il lui reste pour se voir n'importe où AILLEURS.

Avant même de comprendre ce qui lui arrive, Maria Chapdelaine se retrouve assise menu en main, carafe d'eau-pain-beurre posés sur sa table par les protagonistes de l'étourdissant ballet aérien que le véloce *maître di* a organisé à son intention. Devant elle, une table circulaire où s'agitent une douzaine de papillons-nœuds-papillon, qui fouettant savamment un sabayon, qui apprêtant prestement un steak tartare, qui flambant quelque dessert destiné à l'un ou l'autre des opulents businessmen quotidiennement avachis à une table éternellement réservée pour les trois heures du traditionnel *casse-croûte* français. Sur la table trône un astronomique bouquet de fleurs NATURELLES («on les change tous les jours», s'empresse d'expliquer l'un des voltigeurs à une Maria jugulée devant l'obscénité dudit bouquet; «pis en plus, y'sont fiers de leur orgie florale», songe Maria en lorgnant le menu avec appréhension. «Qu'est-ce que ça va me coûter manger ici? Combien ça vaut un franc? J'ai pus faim. Je leux aime pas la face. Y m'énarvent les tits maudits waiters. Je veux m'en aller. Au secours Zazie! Comment ça que la Beauvoir vient manger ici quasiment tous les jours? Où est-ce qu'elle prenait l'argent pendant les soi-disant périodes de privation de la guerre? Astination je comprends pus rien. Môman Laura, viens charcher ta fille! François, si t'étais là, aussi...).»

— Madame est décidée? Ça sera...?

— Mmmm, heuh... Que me recommandez-vous? (Erreur, Maria, erreur.)

— Les langoustines sont délicieuses aujourd'hui. Avec un p'tit Sauternes, extra. Ça sera tout?

— Perdon?

— Madame désire-t-elle une entrée? Saumon-fumé-câpres-œuf-mayonnaise-salade-composée-artichaut-vinai-grette-escargots-beurre-à-l'ail-moules-marinières...?

— Heuh... Non merci.

— Madame vient du Canada?

— Heuh oui... ça se voit?

— Ah non alors, mais sauf vot' respect, ça s'entend.

— Ah bon. («Sacrement j'ai pas dit deux mots...»)

Le serveur se volatilise pour ne plus reparaître avant la fin du repas. Un deuxième papillon vient plaquer une demi-bouteille de Sauternes bien frappé dans la figure de Maria, la débouche en un tournemain, verse une gouttelette, et s'évapore sans demander son reste, laissant le plancher à un homologue, aussi maigrelet, aussi nerveux, aussi exact et aussi sec dans le geste, le regard, la parole, et qui, derrière *butterfly number two* vient verser deux ou trois gouttelettes supplémentaires dans le verre de la cliente étourdie. («Mes poissons rouges à côté d'eux autres, c'est des individus nettement distincts et hauts en couleur personnelle... Je comprends iouske Ionesco a trouvé son idée de Bobby Watson...Y devait se tenir icitte lui aussi; pourtant...»)

Maria se tapit sur sa banquette rembourrée, mal à l'aise dans sa robe défraîchie par dix heures de voyage. Elle croise la jambe, la décroise. Transfère son poids sur une fesse, puis sur l'autre. Pose les yeux sur le monstrueux arrangement floral, puis les détourne, dégoûtée. Joue avec ses ustensiles, redispose la vaisselle devant elle, se ronge discrètement un ongle, tapote la nappe, lisse la robe sur son giron, passe une main dans ses cheveux, sifflote, ajuste ses manches, s'intéresse à un bouton ébréché, sourit bêtement au plancher, goûte le vin frais, s'essuie les lèvres, toussote, s'allume une Mark Ten, aspire soudain au lit dédaigné plus tôt, les effets du décalage commençant à se faire sentir. Autour d'elle, des dizaines de bon-chic-bon-genre se passionnent pour une conversation véhémente, s'absorbent dans la dégustation de quelque cru divin ou dans l'ingestion de nourritures fines. Maria se sent à mille lieues des bistrots miteux, du gros rouge qui tache et de la popote graisseuse susceptibles d'attirer les existentialistes cérébraux et faméliques des chimères véhiculées par ses lectures.

Et puis vlan! Un tintamarre la sort de sa torpeur. L'un des Bobby Watson vient d'arriver avec une batterie d'artillerie destinée, semblerait-il, à la destruction des langoustines suggérées et commandées par le leader de la chorégraphie. Pincettes et mini-fourchettes de tout acabit s'étalent maintenant à côté d'un bol de métal rempli d'eau chaude où flottent deux tranches de citron frais.

Un voltigeur se pointe, ployant sous un bol presque aussi grand que la table où est assise Maria. La chose est déposée sous le nez de la fumeuse qui s'empresse d'écraser sa demi-Mark Ten dans le cendrier (du moins elle espère que c'était là un cendrier). Sur une montagne de glace pilée s'allongent, paresseux vacanciers sur la plage, six mini-homards disposés en étoile. «Comme c'est joli. Comme c'est différent de ce que j'attendais», se dit Maria, moitié ébahie, moitié découragée à la seule pensée de devoir jouer dans le corps des pauvres bébés crustacés présentant très peu de plaisir charnel à première vue.

Intrépide, la Maria s'attaque au premier crustacé, lui faisant craquer tous les os du corps, le fendant de partout avec cinq de ses sept ustensiles, qu'elle tente de manier comme une pro. Crounche et crounche et crounche. Quand elle réussit enfin à soutirer un lambeau de chair à sa première victime, la demi-bouteille de Sauternes est déjà vide. Papillon six (ou sept) surgit sur ses demi-pointes.

— Madame renouvelle?

— Ouain, tant qu'à y être pourquoi pas... J'ai comme l'impression que je suis ici pour un p'tit bout de temps, risque Maria au serveur déjà envolé.

Madame continue de s'escrimer sur les bébés homards sous les coups d'œil dédaigneux de ses chics voisins de table: deux gentlemen richement habillés, somptueusement bagués, judicieusement pommadés et laqués qui discutent affaires, épais cigare au bec. C'est qu'ils font terriblement financiers à succès, dans leur costard rayé à deux mille dollars pièce. Des habitués, sans doute. Les *papillons* s'adressent à eux par leurs prénoms, précédant l'affectueuse appellation d'un obséquieux *meuhsieur,* il va sans dire. Pour les femmes on dit seulement *madame,* car madame plus prénom, ça fait tenancière de bordel. *Madame Maria...* Entre deux coups de bistouri, la Chapdelaine s'imagine, fardée comme un cadavre confié aux soins d'un croquemort sans goût, en déshabillé vaporeux, en train de sermonner ses filles dans le salon satiné de son lupanar, fume-cigarettes pendouillant aux lèvres, exhibant professionnellement une jambe de soie rose.

Un *papillon* la tire encore de ses rêveries. On change le bol d'eau citronnée. On débarrasse la table des corps morts empilés devant elle. Rince-doigts remis à neuf. Rien de trop chic pour les p'tites dames du Canada. Troisième demi-bouteille de Sauternes. Restent deux langoustines. Maria se gave de pain de seigle-mayonnaise. Sa faim croît avec l'exercice qu'elle doit déployer pour extriper des avares crustacés quelques milligrammes de viande durement gagnés. Un des deux voisins lève le camp, laissant là son jeune compagnon, qui fume gros cigare sur gros cigare en terminant une bouteille de fine champagne. Maria ne sait plus où regarder. Elle voudrait se voir dans une gargote infecte en train de bâfrer quelque viande rouge à pleines mains, le jus lui dégoulinant des commissures. Pensée-éclair: «Maudit qu'on est ben chez nous.»

Elle se sent obligée de tenir le dos droit depuis le début de son loufoque repas. Fatiguée de se battre avec les bébés crustacés, affamée, enivrée, elle abandonne son tournoi d'escrime, laisse choir ses vieilles omoplates sur le dossier de cuir, trempe une dernière fois les mains dans le bol d'eau chaude, abdique, en achevant sa dernière gorgée de Sauternes. Sur le monticule de glace pilée git encore une langouste miniature. Maria la fixe avec dépit. «C'est quoi l'idée de manger ces pauvres p'tites bebittes quasiment vides de viande; laissez-les donc barboter dans l'eau jusqu'à ce qu'un requin s'en nourrisse, y'ont les dents pour, les requins, pas besoin de cinquante-six p'tits maudits outils enrageants... Faut-y pas savoir quoi faire de sa peau pour déranger la nature de même, quand c'est si facile de se bourrer de patates pilées ou bedon de steak haché oignons frits... Simone, t'as ben pus écrire ton «Journal d'une jeune fille dérangée...»

— Me trouverez-vous outrageusement impertinent, chère Madame, si j'ose vous adresser la parole? risque obséquieusement le jeune gentleman au cigare-billot.

— Hé? Perdon?...

— J'aimerais vous offrir une coupe de champagne, si vous ne voyez pas là quelque impardonnable outrecuidance, chère Madame...

— Heuh, oui, volontiers, pourquoi pas... («ça serait-y que je pogne, à 88 ans, amanchée comme chus là, avec mes huit heures de vol dans le corps?»)

— Georges! Un verre de champagne à Madame! Madame vient du Canada?

— Heuh, oui et non. Vous savez, on dit le *Québec,* maintenant.

— Sauf votre respect, chère Madame, ça s'entend... Oui mais dites-moi, le Québec, c'est au Canada, non?

— De moins en moins, mon cher monsieur.

— Ah bon? Madame visite notre beau pays pendant combien de temps?

— Deux semaines.

— Ah bon. Vous savez, je suis moi-même restaurateur. Je possède trois restaurants dont l'un en Provence, une excellente table, l'autre en Bretagne, excellent lui aussi, et le troisième ici même à Paris, un quatre fourchettes très couru. L'homme qui était avec moi tout à l'heure, c'est mon oncle. Il est très très très connu, mon oncle. Les chaussures Dupuis, vous connaissez? Des chaussures haut de gamme, la cadillac des pompes. Ne me dites pas que vous ne connaissez pas?…

— Euh, non pas vraiment. Nous autres chez nous c'est Bata, Leclerc, Agnews Surpass et Simard et Voyer, vous voyez.

— Mais c'est incroyable! Les chaussures de mon oncle ont une réputation mondiale! Vous êtes sûre que le nom de Dupuis ne vous dit rien?

— Euh, désolée…

— Bon tant pis n'en parlons plus. Vous aimez la mer? Vous savez, j'ai un bateau qui mouille à l'année à Toulon, si jamais vous passez par là, faites signe à mon capitaine… Quel vent vous amène en France si je puis oser cette indiscrétion?

— Euh moi, vous savez, je m'intéresse beaucoup à la mère patrie depuis toujours; ça faisait longtemps que je voulais venir… Là, j'avais une bonne occasion. C'est pour fêter les vingt ans de ma petite-fille Zazie et pour la récompenser de ses succès scolaires. On vient tout juste de débarquer. Zazie est en train de se reposer du décalage. Moi, je voulais voir Montparnasse tout de suite. Je suis venue dans ce restaurant, plus particulièrement, parce que Simone de Beauvoir y venait souvent, parce qu'elle y vient encore, peut-être, sans doute, qui sait… heuh…

— Simone?…

— De Beauvoir. Simone de Beauvoir, vous la connaissez certainement?

— Euh, oui, euh, effectivement, euh, ce nom me dit vaguement quelque chose. Quand j'étais encore gosse, mon oncle a dû m'emmener à un de ses récitals, il m'emmenait partout vous savez… Elle avait une excellente voix si je me

175

souviens bien, cette Simone euh de Bavière... Euh, enfin.
GEORGES! ÇA VIENT CE CHAMPAGNE?...

Maria retombe dans son apathie aussitôt que le gringalet
aux cigares épais prend congé après force salutations, cour-
bettes et baise-main. Déçue de son premier contact avec la
douce France, elle fixe les miettes de pain étalées sur la
nappe. Tiens, si ce n'est pas papillon numéro un qui se pointe
avec l'addition. Horreur! Moment de vérité. Aux abris! Maria
veut en finir avec ce cirque. Elle retourne le fatal papier, y lit
un chiffre qui sur le coup ne lui dit pas grand-chose: 336
francs service compris. Elle sort les billets qu'elle trouve
beaucoup trop beaux pour de la monnaie, ajoute un pourboire
dans un geste mécanique, laissant, donc, pour régler le tout,
un billet de cinq cents francs sur la table et s'empresse de
quitter le lieu maudit de son premier tête-à-tête avec ses fantasmes littéraires.

Déjà six heures. Il faudrait bien aller retrouver Zazie. Aussitôt sur le pavé, elle aspire goulûment l'air du boulevard, se
met à marcher, évaluant mentalement le prix de son risible
festin. Une centaine de dollars. Elle refuse de croire à ses pre-
miers calculs, refaisant ces derniers encore et encore. «Cent
piasses, sass-peut-tu... pis j'ai même pas aperçu le bout du
nez de la de Beauvoir... j'te dis que ça fait cher «L'Expérience vécue», ça madame...»

De l'autre côté de la rue, elle aperçoit soudain les familières
arches d'or. Sans hésiter, elle traverse le boulevard presque en
courant et, l'estomac dans les talons, fonce dans la porte vitrée
du McDonald salvateur.

Journal à François Paradis

*18 juin 1978*

Mon grand Québécois,

Ça y est! Ta Maria a fini par traverser l'Atlantique pour venir voir de ses vieux yeux les espaces qu'elle parcourt à grandes enjambées dans les pages de romans depuis plus d'un demi-siècle. Comme ce continent est différent de chez nous! Déjà, de l'avion, je remarquais un paysage moins sauvage, des couleurs plus chaudes, des espaces plus *civilisés,* fragmentés de façon attrayante pour une occupation humaine plutôt dense... Rien à voir avec les bleus et les verts froids, avec les lignes dures de nos contrées sauvages et inhabitées. Et tous ces petits toits d'ardoise rouge qui ponctuent si agréablement le tableau défilant en dessous de nous. Quand l'avion s'est posé, j'ai eu l'impression d'*aplanétir* loin, très loin de la Terre, ailleurs dans la galaxie. Même l'air sent autre chose en Europe. Les parfums citronnés des Françaises, peut-être? Les étals regorgeant de nourriture? La croûte usée des vieux pays?

Paris pourrait contenir au moins dix Montréal d'après ce que j'en ai vu. Son atmosphère humide nous englue; Paris est une ville qui colle à la peau. Déjà une semaine que nous y sommes, ma Zazie et moi. Ah, la Zazie... J'en suis de jour en jour plus fière. Je suis tellement heureuse d'avoir réussi à lui communiquer mon grand amour des livres. La friponne m'a presque rejointe dans mes lectures! On lit beaucoup plus vite quand on est jeune, je suppose. Toi aussi, François, tu en serais fier de *notre* Zazie. Une belle grande jeune femme qui vient tout juste d'avoir vingt ans, hier, plus précisément. Je l'ai emmenée fêter son anniversaire sur les Champs-Élysées. Comme elle était contente! Tu aurais dû la voir dans sa nouvelle robe parisienne, en train de déguster un Châteaubriand: elle rayonnait. Plus d'un client tournait les yeux vers nous au cours de la soirée, attiré par ce gros paquet de bonheur qui irradiait de son être. Le temps, splendide, était de la fête. Ah oui, elle mérite d'être cajolée un tout petit peu par la vie, ma pauvre Zazie; j'ai bien envie de lui donner ce que je n'ai pas pu donner à ma petite Alma-Rose. Et puis, sa mère fait bien peu de cas d'elle depuis qu'elle a goûté à la célébrité... Madame a refait sa vie avec un monsieur très en vue et ses plans ne semblaient pas inclure Zazie. Quelle tristesse.

Cette enfant me voue un amour inconditionnel depuis l'âge de quatre ans; j'ai l'impression de l'avoir élevée; tu t'imagines quelle chance j'ai eue de la connaître... Zazie, c'est loin d'être un vulgaire *bâton de vieillesse,* comme les gens la perçoivent: c'est ma fille, c'est tous mes enfants enterrés là-bas, au Lac-Saint-Jean. Et puis désormais, je t'en parlerai volontiers comme *notre* Zazie, car depuis quelque temps elle a accès à notre journal. C'est d'ailleurs la seule personne au monde à pouvoir, à savoir lire mes lettres à mon amour François Paradis. Tu ne me tiendras pas rigueur je l'espère, mon doux Québécois, de cette connivence à trois? Zazie, c'est ma légataire universelle, ma suite, mon tome deux, mon contact avec le monde d'ici-bas. Lorsque je t'aurai rejoint, cher amour, je veux qu'elle continue pour moi d'aimer les livres, de leur garder une place d'honneur; je veux qu'elle devienne mes yeux, mon témoin oculaire vivant d'un Québec souverain.

Car nous travaillons fort au devenir de notre beau pays, elle et moi. Depuis qu'un gouvernement responsable dirige le Pays de Québec, nous avons décuplé nos espoirs d'existence nationale. Nous somme fières d'avoir rejoint les rangs des péquistes, et attendons avec la plus grande impatience le jour où notre peuple devra se prononcer sur son avenir. C'est pour très bientôt, et toi, mon grand Québécois, tu viendras avec nous, pour voter OUI.

Notre première semaine s'est remplie le temps de crier ciseaux. Comme le temps fuit, à Paris... Chaque soir, mes pauvres jambes me supplient de ralentir mon rythme de vie. Elles m'ont vaillamment portée dans toutes les rues que les écrivains français m'avaient fait connaître par la magie de leurs récits. Elles m'ont fait traverser tous les ponts jetés sur la mystérieuse Seine par des siècles d'histoire. Nous avons erré nostalgiquement dans les Jardins du Luxembourg, à la recherche d'un Proust toujours retrouvé, Dieu merci, grâce à son œuvre. Nous avons entendu teinter la folie du bossu de Notre-Dame, nous avons bu une *petite prune* bien tassée avec Gervaise Coupeau, croisé le père Goriot dans sa triste promenade, défendu la barricade avec Marius, prié avec Marie-Antoinette dans la Conciergerie, souillé nos robes des éclaboussures de la guillotine, applaudi les terribles duels de Cyrano, goûté aux infects *arlequins* de monsieur Flaubert, dansé avec la Smeralda.

Quel inestimable bonheur que de pouvoir sauter à pieds joints dans l'univers enchanteur des romans qui ont peuplé d'envoûtantes chimères notre jeunesse dorée... Zazie en est encore toute remuée. Et moi, cher amour, je retrouve à 88 ans l'émerveillement de ma vingtaine, époque bénie où les livres sont entrés dans ma vie.

Comme je t'aime, François Paradis. Tu es mon plus beau livre.

— C'est là-dedans?

— Ça m'en a tout l'air.

— On dirait une bouche pour les employés de la voirie.

— Ben je vois pas où ça pourrait être ailleurs que ça. Regarde la pancarte: *Visite des égouts de Paris,* la flèche pointe par là.

— O.K. Allons-y allonzo d'abord. Sortez vos pince-nez, on entre dans le plus gros intestin du monde!

Les deux voyageuses s'apprêtent à descendre l'escalier de métal menant au méga-tube digestif parisien. Un air humide, des relents de cachot moisi les saisissent à la gorge avant même qu'elles ne parviennent en bas. Un bref couloir débouche sur le guichet où attend un préposé à la vente des billets.

— Ces dames désirent-elles une visite libre ou une visite guidée?

— Oui, on voudrait quelqu'un capable de nous expliquer le trajet de Jean Valjean.

Le préposé glousse sèchement.

— Ah... j'ai bien peur que ces dames ne soient déçues... Les égouts ont bien changé depuis les pérégrinations de monsieur Valjean...

— Ça s'est passé au milieu du XIX^e siècle, c't'affaire-là? Me semble que les plans étaient ceux d'aujourd'hui à ce moment-là?

— Ces dames viennent du Canada?

Maria, essoufflée, lasse de cette question posée pour la vingtième fois au moins depuis son arrivée en terre française, rétorque un peu brusquement.

— Du QUÉBEC, du QUÉBEC, monsieur, c'est pas la même chose! Oui, je le sais: *sauf votre respect ça s'entend.* Ben tant mieux foutredieu, et vive la différence Armance! Maintenant pour revenir à Jean Valjean...

181

Le Parisien, peu habitué aux répliques du genre, froissé par le terrible juron de Maria, croit judicieux de changer le sujet en accostant au passage un guide venu justement chercher un groupe de touristes à l'entrée des fameux égouts. Il interpelle son compatriote sur un ton goguenard:

— Tiens, Henri, ces dames voudraient retrouver les traces de Jean Valjean; tu veux bien les guider? Alors ça sera quinze francs par personne, mes p'tites dames.

Maria paie les billets, se range aux côtés du guide, et, mi-figue mi-raisin, adresse une fois de plus sa requête.

— Han, y'a pas inventé ça Victor Hugo? Le voyage de Valjean dans les égouts, c'est documenté?

— Si si ma p'tite dame, mais les égouts ont bien changé depuis... Voilà le groupe qui arrive, je vais vous expliquer tout ça. ALLONS ALLONS PAR ICI M'SIEURS-DAMES!

Zazie se tient à l'écart, observant depuis une semaine la désopilante interaction entre son amie et les représentants de la faune parisienne. Une incoercible envie de rire lui pince les lèvres chaque fois que Maria tente de s'expliquer avec la sécheresse métropolitaine. Maria bougonne en emboîtant le pas au guide.

— Chus-tu assez tannée de leurs *p'tite dame*. M'as-tu vu la p'tite dame? Je pèse deux cent vingt tout nue, viargette!

Arrivées dans la section *ciel ouvert* du labyrinthe souterrain, Maria et Zazie sont saisies d'insupportables miasmes. Une odeur aussi écœurante que méphitique soulève le cœur de Zazie, qui ne peut alors s'empêcher de se couvrir le bas du visage avec l'encolure de son sweat-shirt, pinçant fermement ses narines.

Le guide, un égoutier embauché sporadiquement par la ville pour donner des tours, explique le fonctionnement des énormes boules de chêne si typiques du système d'égouts le plus efficace au monde. Il raconte les mésaventures de quelques collègues malchanceux tombés dans l'eau putréfiée qui coule aux pieds des visiteurs ébahis, arborant tous sans exception une moue de répulsion. Un film graisseux flotte sur l'onde chargée des déchets de six millions d'êtres humains.

Des panneaux expliquant l'architecture et retraçant l'histoire des égouts de Paris se dressent au milieu des voies. Un spécimen de rat d'égout empaillé côtoie les plans et les photos d'ingénieurs urbains devenus célèbres par leur contribution à cet infaillible système d'évacuation. Le monstre rongeur fait un mètre, queue incluse.

On approche de la sortie. Il est grand temps. Zazie a le teint caca d'oie et les jambes en guenille. Le groupe de touristes quitte les lieux. Maria en profite pour accaparer le guide dans le but d'obtenir enfin son explication sur le fameux trajet valjeannois. À l'aide d'un plan illuminé, le guide acquiesce complaisamment à sa demande. Les yeux de Maria brillent de curiosité. Elle boit les paroles du guide. De son doigt boudiné, ravie, elle suit sur le verre la longue marche de l'ex-bagnard.

— Mon cher monsieur, je ne sais comment vous remercier de votre patience et de la gentillesse avec laquelle vous avez partagé vos connaissances avec nous aujourd'hui. Permettez-moi de vous laisser un petit pourboire.

— Désolé ma p'tite dame, nous n'avons pas le droit d'accepter les pourboires. Vous pourriez cependant remplir le registre, là, et y inscrire vos commentaires. Ça ne nuirait certainement pas à mes chances d'obtenir un poste de guide à plein temps, ce à quoi j'aspire avant d'expirer, je dois vous avouer, après quelque vingt années passées à inspirer nos égouts.

— Ah bon? Dites-moi, ces odeurs-là, à la longue, ça vous donne pas mal au cœur?

— Ha! Ma p'tite dame si vous saviez, dans le fond je blaguais: on ne les sent plus, les égouts, après quelques mois. Notre odorat et notre vue sont complètement bousillés à force de vivre là-dedans.

— Ah bon. Je comprends que vous vouliez devenir guide à plein temps. Bon et bien, on espère, ma petite-fille et moi, que vous obtiendrez votre poste, et puis, euh, comme à la française, on vous dit, euh, *merde*...

## Journal à François Paradis

*juillet 1978*

François mon amour,

Aujourd'hui plus que jamais j'aimerais me trouver entre tes longs bras de neige pour calmer la brûlure de mon corps. Il fait une chaleur insupportable; l'humidité de Québec a bien mérité sa réputation au cours de ces deux dernières semaines. Ta Maria, pour la première fois de sa vie, a fini par se retrouver dans ce lieu abhorré où se réfugient les corps malades. Eh oui, est-ce possible, je suis à l'hôpital depuis dix jours. Mon pauvre cœur m'envoie des signaux d'alarme; il a flanché alors que j'étais en train de procéder au classement de mes petits carnets noirs à mon amoureux Paradis. Sais-tu que j'en ai maintenant deux cent trente-six? C'est l'histoire entière de notre lune de miel qui s'entassait pêle-mêle dans mon coffre d'espérance. Il fallait bien mettre un peu d'ordre dans tout cet amour...

Zazie était bouleversée quand elle m'a trouvée sur le plancher. Elle m'a crue morte pendant un moment. Elle sait, pourtant, que je ne me laisserai pas avoir si facilement.

Les docteurs me défendent la cigarette, l'alcool, le sel, le sucre, à peu près tout ce qui rend la vie agréable. S'ils croient m'inciter à l'abdication de cette manière… Il paraît que mon voyage en Europe m'a trop fatiguée, et qu'à mon âge je devrais rester tranquillement assise à tricoter. Tu parles. Moi qui ai toujours eu le tricot en horreur.

En tous les cas, je ne regrette certainement pas ce voyage. Zazie en est revenue tellement épanouie. Elle qui a pleuré devant le buste de Balzac au Père Lachaise. Nous étions dans l'avion de retour, épuisées mais ravies, elle a pris ma vieille main tachée par le temps dans les siennes et m'a remerciée si chaleureusement… Elle m'a confié que désormais, elle ne vivrait que pour la littérature (sa Maria mise à part, bien sûr), qu'elle avait bien l'intention de pousser ses études jusqu'au doctorat, *minimum,* et ce, quel que soit le marché de l'emploi, peu prometteur dans ce domaine. De quelle façon, je te le demande, pouvait-elle mieux me remercier? Mon contact sur la terre en sera donc un d'instruit, et j'en suis fort heureuse.

Je suis si lasse, François, j'ai peine à enfoncer les touches de ma petite machine à écrire, que Zazie m'a apportée le deuxième jour de mon hospitalisation. Chère enfant. C'est la première chose à laquelle elle a songé, oubliant même d'apporter mes pantoufles. De toute façon, je ne vais pas bien loin, avec ce corps à traîner, qui me semble peser quatre-vingt-huit fois son poids. Le cardiologue a dit que si je *faisais la belle fille,* je pourrais bientôt retourner à la maison moyennant aide familiale. C'est Zazie, mon aide familiale. C'est Zazie, ma famille.

Nos amis ont tous déserté l'un après l'autre. Jos Binne s'en va à veau-l'eau, se défonçant les narines et les veines entre des séjours de plus en plus prolongés au centre de désintoxication. C'est sa façon à lui d'abdiquer, que veux-tu, il n'a rien trouvé ici- bas, il n'a trouvé personne capable de lui faire aimer la vie.

Tit-Bob Hamelin est devenu prospère grâce à sa boutique de quétaineries rue Saint-Jean. Il a une grosse bedaine, un double menton, une tonsure et le portrait d'Elizabeth II étampé dans les iris. Il n'arrête pas de chanter à qui veut l'entendre qu'il est *gras dur* et *mort de rire*. Il a acheté l'immeuble comprenant sa boutique de cossins inutiles et il loue les étages à des étudiants. Monsieur ne daigne surtout pas habiter son lieu de travail. Il s'est fait bâtir une luxueuse résidence à Charlesbourg, cet horrible fief épilé jusqu'à l'os de tous ses arbres qui attire depuis dix ans les nouveaux riches de Québec.

Gros-Jean, on n'en parle pas, on entend surtout parler de lui, car il ne donne plus de nouvelles depuis presque deux ans. Ses affaires de brebis égarées roulent on ne peut mieux si je comprends bien. Gros-Jean, c'est devenu un *gros* télévangéliste. J'ai eu le malheur de l'apercevoir l'autre jour à une chaîne locale du Bas-du-Fleuve. Pitié pour son âme! Les niaiseries qu'il a débitées pendant quinze minutes pour convaincre les téléspectateurs d'envoyer un chèque à l'adresse figée au bas de l'écran... Il me faisait honte, notre ex-pionnier. J'aurais préféré le voir rester enfoncé dans la bouse de vache jusqu'au cou, comme dans le bon vieux temps. Il me rappelait la fraude ecclésiastique de notre préhistoire, tous ces discours trompeurs que l'on devait entendre à la messe, il y a cinquante ans au moins. Y a-t-il encore des gens assez naïfs pour croire à des types comme Gros-Jean? Y a-t-il des pauvres bougres, des pauvres bougresses assez malheureux pour se laisser entraîner dans cette pseudo-rédemption à cent dollars l'heure? Sa femme, pendant que Gros-Jean massacre, au petit écran, ce merveilleux roman qu'est la Bible, gagne du gros sou en rédigeant des rapports d'avocats véreux. Leur enfant débile se traîne de garderie en garderie, et vogue la galère.

Pierre-Luc et Louis-Paul, quant à eux, ne poussent guère mieux. Tous deux sont maintenant des spécialistes dans l'art de consommation. On a abandonné ses idéaux de perfection artistique. L'un donne dans la production en série de posters que l'on retrouve dans tous les salons de la nouvelle élite *populo*; l'autre n'accepte de danser que dans les spectacles à gros budgets, de type guichet fermé pendant trois mois. Méphisto vend admirablement sa camelote, mon François.

La douce Hélène, elle, continue de servir de paillasson à son avocat véreux et de gâter exagérément ses deux enfants selon la nouvelle mode de l'*enfant-roi,* pourrissement systématique de la progéniture à l'aide de gratifications matérielles de tout acabit, noble palliatif pour faire oublier aux enfants que leurs prospères géniteurs n'ont plus de temps pour les aimer autrement. Par ailleurs, notre bien-aimée belle poire n'a rien trouvé de mieux pour occuper ses loisirs que de s'allonger sur le récamier d'un psychothérapeute une fois la semaine. Elle se momifie, la belle Hélène. Au téléphone, elle parle comme une carte d'assurance-chômage. Pauvre quarantaine.

Ah, mon François adoré, ta Maria se sent bien basse. J'ai l'impression d'être entourée de Québécois complaisants et abrutis par leur nouvelle prospérité. Le Québec se comporte comme un adolescent géant brisé par l'effort d'une croissance trop rapide, et mal ressoudé. Que se passe-t-il? Je me sens prise dans un tourbillon d'acheteurs, de mangeurs, de buveurs, de jouisseurs hystériques. On ne parle presque plus avenir politique autour de moi. L'idée de notre souveraineté semble avoir été mise au rancart. Et quand on daigne s'y intéresser, c'est en termes de *combien ça va coûter?* Quelle tristesse. Les Québécois seraient-ils en train de s'asseoir sur leurs lauriers en attendant que d'un coup de baguette magique le PQ fasse apparaître *abracadabra* une fierté nationale qui ne leur coûtera pas une seule calorie d'amour patriotique?

Ah non... Je ne peux croire ça, mon Québécois bien-aimé. Jamais je n'admettrai la désintégration de notre désir national. Je ne peux associer la dégénérescence de mon clan d'amis à celle de tout notre peuple. Il y a des millions de Zazie, postées là, un gros crayon à la main, partout au pays, attendant le signal de ralliement pour tracer à la grandeur du ciel, au-dessus du Québec, les mots magiques *Maîtres chez nous.* Les gens de mon pays, moi aussi, je les entends *parler de liberté.* Nul masque de prospérité matérielle n'arrivera à museler notre cri. Bientôt, nos Vigneault, nos Leclerc, nos Lévesque se réuniront pour prendre leur avenir à bras-le-corps. Et ils sont légions. Moi, Maria Chapdelaine, je serai avec eux ce jour-là. Et toi, mon François, tu marcheras entre ma Zazie et moi, tu brandiras au bout de tes longs bras musclés les drapeaux de nos OUI conjugués.

Je t'aime et je croirai en toi jusqu'à mon dernier souffle. Tu es ma souveraineté, François Paradis.

## 15 mai 1980

Zazie Pouliot, bachelière de vingt-deux ans, longs cheveux bruns traînant, épars, sur ses épaules autoritaires, yeux perçants, corps souple et mince, se tient dans l'embrasure de la porte de la chambre à coucher de sa compagne Maria Chapdelaine. Dans son peignoir sombre fermé négligemment, elle relève d'une main lasse une mèche de cheveux rebelle, puis d'un mouvement fier du chef s'adresse à sa doyenne. Une rage sourde perce dans sa voix. Ses yeux humides expriment une grande tristesse.

— Et voici le reluisant bilan de mon recrutement téléphonique, chère Maria: Mariette ma chère môman brillant par son absence depuis dix ans se paie un vernissage ce soir-là, quoi de neuf; Monsieur Pierre-Luc doit ABSOLUMENT faire acte de présence à une séance de photographie DÉTERMINANTE pour sa carrière; Louis-Paul notre Noureev national a une répétition HYPER-IMPORTANTE: il semblerait que sans lui, le show ne puisse exister; Hélène la poire comme nous savons tous vote rouge foncé depuis que l'ami véreux le lui conseille FORTEMENT donc selon elle, elle a pas d'affaire au centre Paul-Sauvé dans cinq jours c'est ÉÉÉÉÉÉVIDENT; Tit-Bob se dit affligé d'une gastro carabinée et ne prévoit pas aller mieux d'ici le vingt; Jos Binne on n'en parle pas y se meurt au centre de désintox et la femme de Gros-Jean fait dire que ce genre de rassemblement *c'est pus de leur âge*. Et vlan. Ça laisse toi, moi et pis nos deux pour le party du Référendum, ma-chère-Maria-c'est-à-ton-tour. HOSTIE! J'AURAIS ENVIE DE HURLER!

— Ben c'est fait, ma pauvre Zazie. Bof, fais-toi-z-en pas, c'est pas parce qu'on est tombé sur une gang de lâcheux que les Québécois vont voter NON. Toi et moi, c'est déjà quelque chose. Pis je suis certaine qu'il y en a d'autres, des Maria pis des Zazie, des tas, à part de ça, dans la gang du OUI. Décourage-toi pas ma belle bachelière, on va être là, nous autres...

Zazie se laisse choir sur le lit de Maria, fixant le plancher, le dos voûté par la déception. Puis elle se redresse, pince les lèvres, inspire profondément, emmagasinant tout l'air possible dans ses poumons contractés par la colère, et explose dans un monologue ponctué de sanglots:

— Watch out la gang de téteux, de businessmen, d'Anglais pis de microcéphales pas renseignés qui vont venir voter NON parce qu'y ont peur de perdre deux cennes sur leur prochain chèque de ch'sais-pas-quoi. As-tu vu c'te campagne de crosseurs pour le NON? Y sont allés jusqu'à menacer les p'tits vieux dans les hospices, astie; y leur ont dit que les oranges disparaîtraient de la face du Québec au lendemain d'un référendum positif. Sass-peut-tu sacrament? Faut'y être crosseur et demi? Y savent ben, va, que les p'tits vieux, ça vit jusse de peur: peur de mourir, peur de vivre, peur de tomber malade, peur du changement, peur d'avoir peur... Une belle campagne de terreur qu'y ont organisée là... Pis des QUÉBÉCOIS, à part de ça. Trudeau le bicéphale-parfait-bilingue et son acolyte à la gueule-croche-comme-sa-morale. Y en ont faite des belles, ces deux-là. Qu'y se mêlent donc de leur popote fédérale. On va-tu écornifler dans leurs chaudrons, nous autres? Chus assez tannée de voir les feds pis les anglos se mêler de régler nos affaires pis d'essayer de nous dire comment gérer not' pays. Comme si tous nos voisins de la rue Ferland venaient nous dire, chez nous, comment décorer l'appartement. Kossek que ça peut ben leux CRISSER que le Québec devienne souverain? *Séparatisme, indépendantisme, felquisme:* y mélangent toute, les mautadits bouchés. Depuis le temps qu'y lèvent le nez sur nous autres: qu'y nous laissent donc partir si on en a envie, cibolac. Ça se voit pas, un mari qui s'accroche de même à sa tite épouse qui l'aime pus? On veut jusse divorcer à l'amiable pis rester bons amis: c'est pourtant pas compliqué à comprendre la SOUVERAINETÉ, le mot le dit. Si y savaient lire, aussi, y saisiraient peut-être une fois pour toutes le contenu du Livre blanc? L'information manque pas... Y' aiment mieux écouter les tetonneries de Camille Chanchon, saint-simonac. Y font dur, Maria, y font dur... Quand je pense que not' René Lévesque prépare ce monde-là avec des pincettes pis des gants blancs depuis quatre ans... Quand on a affaire à des primates, c'est avec un gourdin qu'on leur parle... Entéka. Moi, je m'en vas me coucher Maria, chus épuisée par ma campagne téléphonique stérile. 'Nuit.

Zazie renifle bruyamment, essuie son nez de sa manche de peignoir, se lève péniblement, dépose un baiser nonchalant sur la grasse joue de Maria Chapdelaine, et se dirige vers sa chambre en traînant les pieds.

Bovary, dans son coussin, lorgne Maria, soucieux: «C'est vrai Maria, elle a ben raison dans le fond.» Les perruches jacassent tout bas, conscientes, on dirait, de la gravité du moment: «le-Québec-aux-Québécois-y'en-veulent-tu-tou-jours?-ou-bedon-Godot?...» Les chéloniens dans leur habitat transparent arrêtent brusquement leur grattage désespéré, fixent le monde extérieur de leurs petits yeux exorbités par l'inquiétude «ça va coûter combien? Ça va coûter combien?» Dans l'aquarium, les poissons rouges, rassemblés le long de la vitre, votent unanimement MOUI-MOUI-MOUI...

— Zazie?...

La jeune femme s'arrête sur le pas de la porte, se retourne lentement et plonge ses grands yeux barbouillés de mascara dans ceux de sa Maria. Celle-ci lui décoche un de ces regards par en dessous, synonyme d'une détermination en béton armé:

— Y nous auront pas vivants.

## *soir du 20 mai 1980, autoroute 20*

— Maria sacrement, arrête de fumer! Ton cœur!

— Ben coudon, chus t'énarvée rare, je me peux pus, quand est-ce qu'on arrive?

— Encore une quinzaine de minutes. Maudit que c'te char-là est smooth... on a l'impression de flotter, han Maria? J'ai-tu ben faite de prendre mon permis de conduire à l'automne passé?

— Je comprends... Nous aurais-tu vues en autobus ou bedon dans le Via Rail avec ma chaise roulante? C't'idée, aussi, de me traiter comme une paralytique, Zazie Pouliot. Chus vieille, pas infirme!

— Tu vas voir comment tu vas l'apprécier, ta chaise, dans c'te foule-là. Ça va être noir de monde, Maria Chapdelaine. Y va faire chaud, pis ça va crier. T'es aussi ben d'être assise, va. Si y'a des scènes intéressantes, tu te lèveras, je vas t'aider. *Sauf vot' respect ma p'tite dame, on n'est plus une jeunesse!...*

— M'a t'en faire moi. Je veux ben croire que je frise le quatre-vingt-dix, mais de là à traîner mon grabat partout...

— Bon! Tu vas me faire le plaisir d'écraser c'te cigarette-là, Maria, on arrive. Ayoye le stationnement. Y'aura pas de cadeaux, là.

❑

Dans la vaste enceinte du centre Paul-Sauvé, une mer de drapeaux fleurdelysés tangue au-dessus de la foule survoltée. En deux heures, la salle s'est transformée en sauna. On attend impatiemment les résultats du vote référendaire. Des milliers de voix crient leur OUI, chacune à sa façon. On rit, on hurle, on beugle; on chante, on roucoule, on s'embrasse; on rugit, on glapit, on vagit; on brandit, on raille, on tonne; on tonitrue, on clabaude, on chahute.

Éberluée, Maria Chapdelaine fixe Zazie; une expression de franc bonheur se lit sur son visage en sueur.

— Y'arrivent-tu, Zazie?...

Les résultats se font attendre, comme dans tout moment critique de l'histoire d'un peuple. Maria a peine à respirer, serrée de toutes parts par des grands corps gesticulants. Elle dégage son encolure, cherche son air. Sa main gonflée se crispe sur un drapeau fleurdelysé miniature. De l'autre, elle agrippe une poignée de tissu, juste au-dessous de son sein gauche. Elle ne cesse de fixer Zazie d'un air implorant. «Dis-moi qu'y s'en viennent, Zazie, j'en peux pus, j'étouffe, comment ça qu'y a tant de monde donc? J'ai donc hâte de savoir les résultats, Zazie, j'ai chaud, je voudrais donc m'allonger dans mon lit, chus tellement fatiguée Zazie, tellement fatiguée...»

Zazie ne peut s'empêcher de mêler son allégresse à celle de la foule exaltée. Elle met ses mains en porte-voix pour faire entendre son cri de joie, comme si elle pouvait couvrir tous ces Québécois-là de son pauvre organe. De temps à autre, elle informe Maria de nouveaux développements. Des musiques cacophoniques fusent de partout, s'entremêlent, se joignent aux slogans pro-souveraineté. Zazie aperçoit un type en costume sombre qui ressemble à un préposé au dévoilement des résultats. Envoûtée par l'excitation collective, elle pousse Maria du doigt sans regarder, puis, euphorique, sautille, tambourinant gentiment de ses poings délicats les larges épaules de sa vieille amie.

— Y s'en viennent, Maria! Les résultats sont là!

193

Maria Chapdelaine semble endormie: son corps à demi penché, ses mains potelées sur son giron, le petit drapeau mollement tenu, tout près de se coucher, elle semble enfoncée dans un profond sommeil.

— Maria! Maria! Y vont annoncer les résultats! Maria coudon dors-tu toi?... Ah ben j'ai mon voyage, depuis le temps que t'attends ça! Maria! Aye! Maria... Zazie soulève avec peine le gros corps affaissé, tapote les joues exsangues de son amie, tient dans ses mains fébriles la tête qui refuse de se redresser. Maria!... c'est pas le temps de t'endormir sacrament, les résultats sont là!

Autour de Maria Chapdelaine, le tumulte s'estompe jusqu'à l'évanouissement. Tout au plus, un écho lointain de OUI enchevêtrés lui parvient-il. Dans ses tympans résonnent faiblement les battements espacés de son vieux cœur malade. Puis, plus rien.

❑

*Il est là, au bout du couloir aux murs de givre incandescent, grand, robuste, magnifique dans son costume de trappeur tout blanc, chaussé de longs mocassins immaculés. Il tend ses bras de lumière vers Maria. Son visage imprégné d'une sérénité indicible rayonne dans un sourire d'une infinie douceur. Maria se met à courir vers lui dans son corps de jeune fille. La Jeannoise a retrouvé sa vigueur, ses jambes lestes, sa poitrine, si fière, ses hanches solides. Elle s'élance à la rencontre de François Paradis avec tant de force que les deux amants, enfin réunis, basculent dans le vaste champ de tournesols nacrés. L'aveuglante réverbération de leur rire suffit à couvrir tous les bruits du monde. Leurs corps glorieux roulent dans mille bleuets de saphir, de minces feuilles d'or s'accrochant à leurs beaux cheveux drus, puis ils disparaissent dans une étreinte d'une insoutenable luminescence.*

❑

Sur la tribune, l'homme en costume sombre annonce tout à coup les chiffres fatals: OUI: 40,4%; NON: 59,6%. Zazie lève la tête rapidement, incrédule, dévisage le triste messager, le temps d'enregistrer les résultats du vote, puis retourne son regard vers Maria, qui ne donne toujours aucun signe de vie. Comme celle d'un automate déréglé, sa tête pivote de l'homme sombre à Maria, de Maria à l'homme sombre, de l'homme sombre à Maria. Doublement abasourdie, la jeune femme laisse tomber drapeau, fanions et sifflets pour se concentrer sur sa protectrice inconsciente. Elle la secoue légèrement.

— Maria!... Parle-moi sacrement Maria!

Puis elle s'affole et cherche du regard quelque secours.

— Monsieur! Madame! Au secours! Ma grand-mère est malade! Quelqu'un! Aidez-moi!

Ses cris n'atteignent pas même ses voisins immédiats, concentrés sur leur défaite. L'assemblée siffle, hue, geint, gémit, grogne, pleure, rage, honnit.

Zazie tente de ranimer Maria une dernière fois, mais en vain. Au beau milieu de la foule terrassée par un NON inexorablement québécois, Maria Chapdelaine, endormie dans une éternelle nuit de noces sur la poitrine rassurante de celui qu'elle a attendu toute sa vie, ne peut entendre les pleurs de ses compatriotes ni ne peut voir, sur la scène, les deux femmes endeuillées qui peuvent à peine remuer les lèvres pour enchaîner le mélancolique refrain péniblement entamé par le meneur de peuple tant aimé... *Gens du pays... c'est votre tour... de vous laisser... parler d'amour...*

Zazie tombe à genoux, enlace les jambes de sa grande amie, enfouit sa tête dans le giron sans vie de Maria Chapdelaine et s'effondre en sanglots étouffés.

— Maria, lâche-moi pas c'est pas le temps... Maria Chapdelaine qu'est-ce que je vas devenir sans toi?... Y'ont dit NON, Maria... Y'ont dit NON, les sacrements... Maudit que

195

chus contente que t'ayes pas vu ça, ma Maria... Je t'aime tellement, Maria Chapdelaine, je t'aimerai toute ma vie, tu m'as appris à être kekeun, tu m'as mis au monde, je vas t'écrire moi aussi, Maria, jusqu'à la fin de mes jours, je vas t'écrire, tu vas voir, on se lâchera pas, tu te débarrasseras pas de moi comme ça ma torpinouche, je vas t'écrire des millions de tits carnets noirs, tu sauras pus où les mettre dans ton coffre que ton François Paradis t'aura bâti, là-bas... Maria, on va se reprendre, un jour on va dire oui, tu peux être sûre que je vas y voir, Maria.

Zazie lève son visage inondé vers celui de Maria. Elle prend dans ses longues mains les poignets déjà tièdes de la nonagénaire.

— Maudit que chus donc contente, Maria Chapdelaine: y t'ont pas eue vivante...

## Dernière page du Journal à François Paradis

*20 mai 1980, sept heures du matin*

Mon grand Québécois pure laine,
Mon François, mon amour, mon amant éternel,

C'est le plus beau jour de ma vie. Ce soir, nous disons OUI à notre naissance de peuple. Ce soir, nous prononçons nos vœux d'identité, de souveraineté et de dignité. Quelle consécration! Je veux être là pour voir ça. J'ai le cœur en fête. Il bat comme un fou. Je me sens comme une future épouse le matin de ses noces, avec l'amour de sa vie. L'avenir nous tend les bras. Et quels bras...

Je n'ai pas fermé l'œil de la nuit. Je suis excitée comme un enfant, la nuit du 24 décembre. Ce soir, nous serons réunis, ma vraie famille et moi. Toi, mon grand fier, à mes côtés, et ma petite Zazie de l'autre: les deux êtres que j'aime le plus au monde... Je suis une femme comblée. Nous nous serrerons très fort, c'est promis?...

Je t'aime gros comme mon pays. Tu es mon OUI, François Paradis.

Achevé    Imprimerie
d'imprimer  Gagné Ltée
au Canada  Louiseville